這是出發的起點，也是返回的終點，

萬事萬物，有始有終，生活是如此的踏實。

THE WIND *in the* WILLOWS

柳林風聲

肯尼斯・葛拉罕 Kenneth Grahame / 著
郭漁 / 改寫
Dinner Illustration / 繪

suncolor
三采文化

在柳林風聲中，聽見內在自我的獨白

諮商心理師　陳志恆

小時候，我就讀過英國兒童文學家肯尼斯．葛拉罕（Kenneth Grahame）的經典作品《柳林風聲》。當時，就對四個動物主角在河岸田野間的冒險故事，印象深刻。

再次拜讀，窺見鼴鼠、河鼠、老獾和蛤蟆等四隻擬人化的主角，各有其鮮明的人格特質，交織出關於友誼與冒險的驚奇之旅，更有引人深思之處。

首先，蛤蟆愛慕虛榮、好大喜功，每天追求的是刺激與高度變動。然而，看似日復一日、安分守己的鼴鼠與河鼠，內心裡卻也住著不安分的靈魂。鼴鼠厭倦了終日窩在地底的日子，決心揮別過去，來到河岸找河鼠，就此有了不同的生活體驗。

河鼠本決定與一條河流長相廝守，卻遇到南遷的旅鼠，說起南方世界的美好景致，不由得心生嚮往，有股衝動去看看這大千世界。相對地，老獾顯露出過人的沉著與智慧，同時代表著守舊與固執的一方。

這說明了人們心中的兩股矛盾卻並存的需求——追求穩定與渴望變動，我們時時刻刻都在這兩者間尋求平衡。老調重談的日子過久了，也期待來點新鮮事；而每天的生活若高度變動，也叫人吃不消。

另一個發人深省之處，是我們對人性究竟能信任到何種程度？

想一想，如果你是故事中蛤蟆的朋友，一方面得忍受他的自吹自擂，又不忍看他自甘墮落、揮霍無度，一再伸出援手，卻又一再被欺騙背叛，你還會選擇相信他，繼續幫助他嗎？

老實說，老獾、河鼠和鼴鼠對蛤蟆的不離不棄，真不是每個人都做得到的。蛤蟆展現出來的性格特質與不良行徑，已令人難以忍受，對朋友的熱心協助，卻又一再背叛，是什麼讓老獾、河鼠和鼴鼠這班動物，對蛤蟆這紈褲子弟願意如此循循善誘、無限包容？

不知道蛤蟆最後是否被好友們的真摯情誼與用心給打動，從此痛改前非。

但在真實世界裡，不離不棄的溫暖支持，確實有機會影響與改變一個人。

為什麼？因為，那些看似無良或缺乏同理心的惡棍，往往是沒被好好愛過的受傷孩子，也可能已經對人性感到失望。

正如，常得意忘形的蛤蟆，也許內心是孤獨、空虛的。提供其一段穩定與滋養的人際互動，確實能修復其內在缺憾的部分。

你的身邊也有老獾、河鼠、鼴鼠、蛤蟆這四個角色嗎？或者，你的內心裡，就住著這四個動物。當他們之間意見不合、互有拉扯時，他們會如何對話呢？他們是互相攻擊、遺棄彼此，還是不斷溝通、尋求共識？

終究，我們都需要傾聽內在的不同聲音，進而邁向整合。

我想在這裡，分別給老獾、河鼠、鼴鼠、蛤蟆四個角色一段話。

老獾：謝謝你如此富有正義感、擇善固執，更願意接納晚輩，給年輕的孩子們伸出援手。願我們的內在初心常駐，做為人生領航的燈塔。

河鼠：你對生活總是充滿熱情，也願意善良地陪伴朋友。若厭倦一成不變的生活，也可以試著為自己創造些許不同，只要多一點點嘗試，你將體驗更多生命的豐盛。

鼴鼠：別總是一味地羨慕他人，盲目跟著別人的腳步行事。將目光放回自己身上，你的身上也擁有許多有美好寶物。善用你的智慧，你也可以為人生方向做出最佳決定。

蛤蟆：活在當下、及時行樂不是不對，但無止境地追求刺激，無法為你帶來永恆的快樂。你更需要回過頭來看看內心，是否住著一個孤寂的孩子，渴望被陪伴，他正需要你的關注呢！

如果有機會對你心中的老獾、鼴鼠、河鼠和蛤蟆說些話，你會想說些什麼呢？

陳志恆
諮商心理師、作家，為長期與青少年孩子工作的心理助人者。曾任中學輔導教師、輔導主任，目前為臺灣ＮＬＰ學會副理事長。著有《脫癮而出不迷網》、《正向聚焦》、《擁抱刺蝟孩子》、《受傷的孩子和壞掉的大人》、《叛逆有理、獨立無罪》、《此人進廠維修中》等書。

目錄

Chapter 1

河岸新朋友

鼴鼠決定隨遇而安，

他開始沿著河流奔跑，

河流的源頭究竟在哪？

一路奔跑下去也許就能揭開這則祕密。

一個春暖花開的早晨，鼴鼠正忙著幫自己的小窩——鼴鼠隱園，來一場開春的大掃除。首先用掃把掃地，再拿抹布擦地。他提著一只裝有石灰漿的桶子，攀爬梯子粉刷牆壁，不斷爬上爬下。粉塵同時飄進了他的喉嚨，沾滿他細小的雙眼，一身黝黑的皮毛也被染成灰白色的。他開始感到腰酸背痛，直到再也受不了為止。

在他所居住的小屋上方的土地，春神正在施展無邊無際的威力，泥土充滿了生意盎然的氣息。這一股氣息無聲無息地來到鼴鼠居住的陰暗小屋，讓他油然產生了絕望感，「我到底在做什麼，就算再怎麼努力清掃，這裡永遠都不會變得更好。」

他扔下了打掃用具，也同時拋下自認是徒勞無功的忙活，不顧此刻灰頭土臉的模樣，立即奪門而出。他強烈感受到春神的召喚，因此奮不顧身，沿著家門口一條蜿蜒曲折的地底通道，賣力地往上爬。

長久以來，鼴鼠一直安於生活在不見天日的地底，安全的地穴排除了地面上可能帶來的任何危險，無論外面如何颳風下雨，風吹日曬，所有的一切都與他無關。然而，現在是個神奇的時刻，春神的威力使得鼴鼠甘心拋棄過去安貧樂道的生活，開啟了一次絕無僅有的大冒險。

鼴鼠破土而出，一鼓作氣鑽出了地面。強烈的陽光照得他睜不開眼睛，原本就細小的雙眼更是瞇成了一直線。雖然外面豔陽高照，但遠方的春風微微吹拂在他生來細窄的額頭，身上的毛髮也如波浪般上下起伏，感覺神清氣爽。

鼴鼠伸展著四肢，慵懶地躺在柔軟如床的青綠色草地上，尚未蒸發的露水帶來了些許涼意。鼴鼠想起自己以前如此墨守陳規，一味蟄居在地底，足不出戶，拒絕接受外面的美妙世界，越想就越覺得自己實在愚不可及，白白蹉跎了一段大好時光。現在鼴鼠感覺自己彷彿置身在一場不願意甦醒的美夢之中，誰都不許輕易地喚醒他。

光是躺在草地上還難以令鼴鼠感到滿足，他縱身躍起，拔腿快跑，一溜煙穿越了草地，迅速來到一道籬笆的前方。

「你給我站住，此路不通。」一隻老兔子對著他喊，「欲從此路過，留下買路財。」

鼴鼠正沉浸在自己極度興奮的情緒裡，哪裡聽得進去老兔子的無理要求。更何況，他匆匆出門，身上未帶分文，也不打算再回家拿錢。鼴鼠充耳不聞，繞過籬笆。

兔子們紛紛走出洞穴，見到鼴鼠如此不守規矩，個個氣得面紅耳赤，在原地直跺腳，蹦蹦跳個不停。不僅如此，鼴鼠還刻意調侃他們：「你們真以為此路是為你們開闢的嗎？我偏偏就是要直接走過去，一群笨蛋兔子。」

兔子們只能無能為力地眼睜睜望著鼴鼠揚長而去，最後你一言我一語，互相責怪，推卸責任。「都是你，幹麼不攔住他！」「怪我咧，那你怎麼不去。」「好了，好了，別吵了，反正全是你們害的。」

鼴鼠漫無目的四處奔跑，一會沿著樹籬，一會跑進灌木叢。春天是一幅生機勃勃的圖像，樹上的鳥巢傳出一曲鳥囀的鳴唱，枝頭吐露新芽，濕潤的泥土地上百花盛開，四處綻放。

鼴鼠見到大地新生，四周顯得這般忙碌，他更得意自己能夠偷得浮生半日閒。走著走著，鼴鼠抵達了河岸，看著一條蜿蜒的大河在自己眼前緩緩流淌。

鼴鼠無法繼續行走，前方的道路被河水攔腰阻斷，這一條大河不像兔子們所設立的籬笆，可以輕易繞道而行。鼴鼠決定隨遇而安，他開始沿著河流奔跑，腳步有如孩童般輕盈，涓涓流水像是對著他朗讀一則古老傳說，既是變化無常，又是千古不變，河流的源頭究竟在哪？一路奔跑下去也許就能揭開這則祕密。

一條生命長河孕育了無數生機，鼴鼠想像著自己即將直直地奔向大海。奔跑了好一會，鼴鼠感到疲倦，累了，再也跑不動了，原先要用在大掃除的精力，總算全部耗盡。他席地而坐，伸長了短短的脖子，眺望著大河的對岸，河面波光粼粼，偶爾會閃現他模糊的倒影。

這時，有一個位在河岸高於水面的黑色洞穴映入了鼴鼠的眼簾，他心想，假使能把自己的地底小屋搬遷到河畔，變成一間水岸別墅，每日一開門就能欣賞河岸風光，那該有多好呀！正當鼴鼠看得出神，黑暗的洞穴霎時出現了一對光點，隨即一瞬即逝，讓他一時感到困惑不已。

光點再次出現，然後又很快消失，連續幾回，這下子鼴鼠總算明白了，那是一雙眼睛，在黑暗中眨個不停，像是一閃一閃的小星星。

鼹鼠與這一雙眼睛的主人對視了好一會，洞穴中逐漸顯現了一張臉的輪廓，接著越來越清晰，有如一幅裝好畫框的圖畫。鼹鼠感到有些緊張，也期待著見到洞穴主人的盧山真面目。

一張留著鬍鬚的棕色小臉、不苟言笑的表情，說明這張臉擁有與生俱來的謹慎天性。一對小巧的耳朵，像是隨風擺動的小草，不時左右晃動，頂上留著一頭濃密、富有光澤的毛髮，他是居住在河岸的老居民河鼠。

雙方互相打探了好一陣子，河鼠的雙眼與先前在洞穴裡看見的一模一樣，仍然眨個不停，眼神透露出友善的光芒。

「你好呀鼹鼠。」河鼠率先示好。

「你也好呀！河鼠。」鼹鼠接受了河鼠的問候。

「你想不想過來我這邊。」

「你說的比唱的容易，我根本不會游泳。」

河鼠蹲下身子，解開地上的一條繩索，使勁一拉，一艘小船緩緩地靠了過來，他身手敏捷地跳上小船。船身塗上了藍色的油漆，船內則是抹著白漆。鼴鼠興味盎然望著這一艘船，雖然他不明白船的真正用途，但他顯然知道自己即將登船。

河鼠像個擺渡人般，熟練地划動船槳，靠近鼴鼠所在的河岸。當鼴鼠小心翼翼地靠近船身，河鼠一把抓住了他的前臂，迅速拉他上船。

「今天是我第一次坐船，真是太有趣了！」鼴鼠說。

「什麼！你以前從來沒坐過船，那你平常都在忙什麼？」

「我一直都生活在地底下，不曾來到河岸，莫非坐船是一件非常重要的事？」鼴鼠靠著椅墊，環顧四周，自己此時就在船上，感覺很奇妙。

「相信我，世界上再也沒有比遊船河更美妙的事，我掛保證，絕對沒有。任由河水帶著我們四處漂流，如此悠哉地度過一天，這才叫作生活。」河鼠面露陶醉的神色說。

「欸，你說歸說，不要忘記看前面呀！」鼴鼠大喊。

話才說完，船頭就徑直地撞向了河岸，兩隻小動物也摔個四腳朝天，好不狼狽，但是河鼠馬上起身，臉上不見尷尬的神色，仍然一臉陶醉：「坐在船上，或跟著船到處逛逛，不管想去哪兒，或者不去哪兒都無所謂，這就是它最讓人著迷的地方。」

「那我真是幸運，能夠遇見你帶我遊船。太好了，咱們現在就立刻出發吧！」

「請稍安勿躁，我先回家拿個東西。」河鼠把船上的纜繩固定在碼頭的石拴上，快速返回洞穴，接著他手上提著一只野餐籃，重新回到船上。

「那籃子裡都裝什麼呀？」鼴鼠問。

「裡頭是今天的午餐，冷牛舌、冷火腿、冷牛肉、醃黃瓜、沙拉法式麵包、水芹三明治、罐頭肉、薑汁啤酒、檸檬汁汽水……」河鼠一口作氣念完。

「太多了啦，怎麼可能吃得完！」鼴鼠說。

「才不呢，等等你就知道根本不夠吃。」

鼴鼠沉浸在一陣陣漣漪、波光、香氣、水聲、陽光之中，還把一隻爪伸入水中感受如此新鮮的生活裡。

「我問你，你真的是生活在河岸？」

「沒錯，我從小到大都生活在河岸，也生活在河裡，這一條大河就是我的家，一條養育我成長的母親河。」河鼠提高聲調說：「大河供給我生活上的一切，是我的知己，也是我全部的世界，不管春夏秋冬，都有它的趣味，只要與河流為伴，我這輩子就心滿意足了。」

「是嗎？整天看著這一條河，沒有談天的對象，不會無聊嗎？」

「這你就有所不知了，因為河流沿岸可不乏我的朋友，比如熱情的水獺。」

鼴鼠朝著遠處的樹林指了又指：「那裡看起來好陰森唷。」

「哦，那裡是野森林，我們平常都不會靠近那裡……」河鼠顯得欲言又止。

「有誰會住在野森林？」鼴鼠繼續追問。

「那裡住著兔子們，好兔子、壞兔子都有，全看你遇見誰。還有野森林老獾，他就住在森林的正中央，過著離群索居的隱士生活，平常沒事千萬別去打擾他。」

「有誰會去打擾他？」

「當然還是有些不識相的傢伙，像是黃鼠狼、白鼬，他們總是不安好心，想要在其他小動物身上動歪腦筋。」

「野森林再過去是什麼地方？」

「野森林之外的地區被稱為大世界，是一個你我都不該靠近，甚至提起的危險區域，好了，我們該靠岸吃午餐了。」

他們離開主河道，划進一座陸地環繞的小湖，湖邊有塊青綠草地，河鼠熟練地讓船隻安穩靠岸，他細心扶著鼴鼠，確保他安然登陸，然後把野餐籃子交給他，由他來全權處理今日的午餐。鼴鼠不負所托，立刻在草地上鋪好一塊乾淨的野餐墊，取出野餐籃子中的食物，並且擺放得井然有序。鼴鼠感覺做這檔事，比起春天的大掃除，還來得更有成就感。

就在這個時候，河面上冒出了一串氣泡，接著水獺一骨碌地爬上岸，抖掉一身的水珠，「你們還真有閒情逸致。」水獺皺著眉頭說。

「水獺，你來得正好，我來為你介紹，這是河岸的新朋友鼴鼠。」河鼠說。

突然，樹林背後傳來窸窣聲，一張黑白相間的臉龐在樹叢裡探頭探腦，乍看之下，真有點嚇人。河鼠立刻介紹：「這一位就是我剛才提到的老獾。」老獾聽見河鼠的介紹之後，即刻失去了蹤影，「唉，他就是一隻孤僻的老獾，從來都不喜歡社交。」

他們所處的位置，對面有一座小島，從那裡的河道出現了一艘賽艇，正朝著他們的方向駛來。一隻矮胖的傢伙，使勁划槳，絲毫沒注意到對岸有朋友正在向他打招呼。

「這一位就是蛤蟆先生，他對世間萬物都十分好奇，隨時隨地都在培養興趣，唯一的缺點就是只存在三分鐘的熱度，容易喜新厭舊。」河鼠說。

水獺與鼴鼠打過招呼後接著問：「河鼠，你這些天有沒有見過我的小兒子波利？」

「他又走丟了嗎？」河鼠問。

「對，已經失蹤好幾天了，我擔心他會獨自去那一座河壩，在他小時候，我常帶他去那戲水。但是他現在的泳技還不純熟，一不小心就會被急流困住。」

水獺顯然十分擔憂，當他的話還言猶在耳，鼴鼠聽見噗通一聲，回頭已經不見他的蹤影。

當下河鼠決定暫時放棄野餐，打算幫忙尋找水獺的小兒子，鼴鼠也馬上一口答應，一起前往搜尋。河鼠持槳，緩慢地划向河壩。他們在沿途會不時把船靠岸，使用繩子把小船繫在一棵柳樹上，在樹洞、地道、溝渠中尋找小水獺的蹤影。

當他們越來越靠近上游，湍急的流水聲顯示河壩近在咫尺。一座偌大的河壩環抱著河灣，水流轟隆隆地流動，激起了水花與泡沫，產生了多個漩渦。眼前出現一座長滿柳樹的小島，突來一陣風吹入柳林，枝柳隨風搖擺，他們從柳林縫隙間似乎看見小島上躺了一個胖小子，仔細一瞧，發現正是水獺的小兒子波利，可能是大老遠游來這裡，然後感到疲累，才會睡到忘記該回家。

他們一同攙扶睡眼惺忪的波利上船，然後划船，朝向水獺等候的渡口。果然是父子連心，才一下子，水獺就從水中冒出了頭，遠遠見到他的兒子安全地待在朋友的船上，立刻從水面一躍而出，同時表達了興奮之情，以及感激之意。

兩位小動物順利完成了尋找朋友兒子的任務，也在船上吃完了遲來的午餐。鼴鼠因為剛才做了一件好事，正處於極度興奮的高昂情緒，並認為自己已經適應了水上生活。他鼓起勇氣對著河鼠說：「朋友，我想要划船。」

「請恕我拒絕你的請求，因為你並不熟悉航行在河上的規則與技巧，倘若我貿然讓你划船，絕對會發生意外。」

興致勃勃的鼴鼠碰了一鼻子的灰，心裡很不是滋味，認為河鼠自恃是河岸的老居民、划船的老行尊，顯然將他視為初來乍到的菜鳥，倚老賣老，非要凌駕於自己之上。「哼，划船有什麼難的，我看一下就學會了。」鼴鼠在心中嘀咕。

霎時間，鼴鼠的心一橫，趁著河鼠正陶醉在自己朗誦的詩句時，一把搶過划槳。這一個舉動著實嚇壞了河鼠，他拋棄了平時謹慎自持的態度，口不擇言，大吼大叫：「該死！你這個蠢蛋，誰允許你這樣做的，快點把槳還給我！」

鼴鼠天生的性格正是，凡事若是下定決心，就得貫徹到底，對於旁人提出的任何意見，一律採取抗拒的態度。鼴鼠把船槳往河水用力一插，使盡吃奶的力氣划槳，但水面的阻力，讓他被船槳撐起身子，雙腳離開了船身，整個身體懸在半空中。他吃驚地鬆開雙手，從上頭摔了下來，撞到船舷，接著放聲慘叫，然後跌入河裡。

「救命吶，我不會游泳！」鼴鼠大聲喊叫，同時吃了好幾口水。

這時，河鼠不慌不忙地使用船槳，將它伸進鼴鼠的腋下，撐起他的身體，免得他繼續吃水而嗆到，接著熟練地划動另一支船槳，安然抵達河岸。

安全獲救的鼴鼠面露羞愧，不停向河鼠賠不是。河鼠只是和顏悅色地看著狼狽的鼴鼠，好言相勸，「這下子你應該知道凡事都是必須經由學習，不斷實際演練，而且我待在水裡的時間比待在岸邊還長呢！所以你別操之過急。」

河鼠領著濕透了的鼴鼠回到自家的洞穴中，從臥房取出一條毛巾，幫忙擦乾鼴鼠身上濕淋淋的毛髮，讓他穿上了睡衣與拖鞋，並且在客廳的壁爐點燃爐火，室內立時溫暖了起來。鼴鼠感覺河鼠是個十分窩心的主人，讓他很感動。

兩隻小動物各自坐在一張扶手椅上談天說地，河鼠說著關於河上的故事，這對於陸地動物鼴鼠來說，是十分有趣的，「我差點忘了介紹蒼鷺，他和其他小動物說話時，總是盛氣凌人，似乎很明白對方的心裡在想些什麼……」河鼠的飯後故事，很快就催眠早已累壞的鼴鼠，只見他不停點頭打瞌睡。河鼠見狀，隨即安排客人到樓上一間舒適的客房。鼴鼠的頭一碰上枕頭，完全沒有認床的問題，很快就沉沉地進入夢鄉，而且他隱約聽見河水不斷地拍打房間的窗櫺，彷彿是和他這個新朋友打招呼。

自從鼴鼠離開居住已久的鼴鼠隱園之後，他揮別了百花盛開的春天，迎來了晝長夜短的暖和夏季，他一口氣學會了游泳、划船等技能，與大河更加親近，每天都有新鮮的事發現。當他靠近生長在河岸的蘆葦時，似乎聽見了風與蘆葦之間的竊竊私語。

這時，鼴鼠感覺到四周似乎是同時安靜下來，寂靜無聲，他一時感到愕然，喃喃自語：「有人在說話嗎？但我好像什麼都沒聽到，除了蘆葦、燈芯草和來自柳林中的風聲。」

Chapter 2

蛤蟆莊園

> 他們停泊船後，
>
> 走過鮮花點綴其中的草坪，
>
> 見到蛤蟆正坐在一張柳條椅上，
>
> 聚精會神地盯著一幅在他膝蓋上所展開的大地圖。

一個陽光和煦的早晨，河鼠與一群鴨子一同在河裡晨泳，當鴨子將頭伸入水中，河鼠也同時潛水，刻意針對他們的脖子搔癢，直到他們受不了，氣得臉紅脖子粗，然後鼓動翅膀，作勢要趕走河鼠，他才肯罷手。

自討沒趣的河鼠坐在河岸，哼著一曲他剛編好的鴨子歌，由於河鼠正唱得起勁，以至於他並未發覺鼴鼠走了過來。

「我聽不懂你在唱什麼？」鼴鼠說。

「憑良心說，這一首我特地為鴨子群所寫的歌，並不是太好唱，」河鼠說：「鴨子群最常抱怨，認為坐在河岸的小動物不該來妨礙他們，管好自己就行了。」

「我同意，說得好。」

「才怪。」

「好啦，那不重要，其實我是想請你帶我去拜訪蛤蟆先生。」

「不早說，那我們現在就走。」河鼠立即把鴨子群與詩歌拋諸腦後，他們坐上小船，繞過了一道河灣，映入眼簾的是，一幢古色古香且莊嚴典雅的紅磚屋，修剪整齊的草坪一直延伸至河岸。右邊是一排馬廄，還有一間大型的宴會廳，這一帶最豪華的宅邸，非它莫屬，那就是傳說中的「蛤蟆莊園」。

當船駛入船塢，他們見到許多艘被棄置的漂亮船隻，想起那天見到蛤蟆費勁的划槳，如今這兒顯示出一種廢棄已久的荒涼氣氛。

「看來，他那喜新厭舊的壞毛病，依舊死性未改。」河鼠搖著頭嘆息。

他們停泊船後，走過鮮花點綴其中的草坪，見到蛤蟆正坐在一張柳條椅上，聚精會神地盯著一幅在他膝蓋上所展開的大地圖。

蛤蟆瞥見了他們的身影，隨即一躍而起，「真是稀客，我才正想要派船去接你們，來得正好，我打算善盡地主之誼，好好接待你們。」

熱情過頭的蛤蟆盡情地在他們的四周又蹦又跳，只見鼴鼠已經暈頭轉向，快要分不清楚天南地北了。

「你別忙了，只要讓我們能好好安歇一會，我就心滿意足了。」河鼠拉了一把扶手椅，毫不客氣地一屁股坐下。鼴鼠則一邊坐上椅子，一邊稱讚蛤蟆莊園真是豪華又漂亮。

「我向你拍胸脯保證，沿著河岸走，你再也不會見到有哪一間房子能夠勝過我這裡，我跟你說。」

蛤蟆瞅見河鼠的手肘頂了鼴鼠一下，彷彿示意他不該「哪壺不開提哪壺」。這個舉動讓蛤蟆瞬間面紅耳赤，感覺自己遭到冒犯，接下來就是一陣令人尷尬的沉默，直到蛤蟆開始大笑。

「哇哈哈哈，河鼠兄，我知道你一向很欣賞我的房子，好了，閒話休提，」蛤蟆說：「既然你們來了，我剛好需要你們的幫忙。」

「你是要跟我請教划船嗎？」河鼠問。

「哼。別提了，我早就厭倦那種小孩子的玩意，」蛤蟆說：「我看到你們成天在河上虛度光陰，真為你們感到不值得，也為自己過去浪費的時光後悔。走，我們現在一起去馬廄。」

馬廄前的空地停著一輛嶄新的吉普賽大篷車，淡黃色的車身，搭配綠色條紋，還裝上十分顯目的紅色車輪。

「有沒有大開眼界呀！」蛤蟆一邊手舞足蹈，一邊露出開懷的神情，「這輛蓬車代表我們即將開啟一種全新的體驗，不再如過去般只能困守河岸，日復一日過著呆板無趣的日子。從今天起我們能夠一同在寬廣的大路上馳騁，遊走於各個城鎮鄉村，沿途觀賞湖光山色；今天在這投宿，明日在那露營。每天都能見到不同的美麗風景。而且這輛蓬車可是經由我親手設計，絕對是獨一無二的車款。」

鼴鼠聽完蛤蟆的說明之後，燃起了興致，立即想要跟著主人一同上車遊玩。河鼠則是擺出一臉不屑的表情，儘管這輛蓬車看起來確實不同凡響，但要是誰批評起自己最喜愛的河上生活，那可真是會惹惱他的。

蓬車的配備非常齊全：車內有小小的臥鋪、一張靠牆的摺疊小桌子、做飯的爐子、置物櫃、書架、一只養著小鳥的籠子，以及各種大小樣式的鍋碗瓢盆。

「你們看到沒有，這裡一切應有盡有。」蛤蟆用力拍了一下手，然後拉開置物櫃最上層的一格抽屜，「餅乾、龍蝦罐頭、沙丁魚，你看這裡有蘇打水，那是香菸，還有信紙、火腿、果醬、紙牌、骨牌，

吃喝玩樂一應俱全。」

蛤蟆興奮地從車裡跳出來，他說：「今天下午，我們就可以出發去兜風了。」

「等一下，我有沒有聽錯什麼，我們從來沒答應要和你一起出門！」河鼠說。

「你又來了，我拜託你別再用那種尖酸刻薄的語調說話，」蛤蟆一臉哀怨，一改先前的浮誇語氣，同時降低說話的聲量，「我這全是為了你著想，我實在不能讓你成天獨自待在船上，太陽下山就回去洞穴，日復一日，過著如此一成不變的單調生活。你應該出去見見世面，成為一隻見多識廣的動物。」

蛤蟆的這番話，聽在河鼠的耳中，才叫做名副其實的尖酸刻薄，紮紮實實地打中了河鼠的痛處，讓他不得不誠實面對自己，長久以來確實都是過著十分安逸，卻是相當無聊的日子。

「用不著你來替我操心，對吧，鼴鼠，我們在河上可是過得十分快樂。」河鼠看著鼴鼠說。

站在一旁的鼴鼠則顯得心口不一，他大聲附和河鼠，雙眼卻直直盯著淡黃色的車身，因為在他離開老家後，就開始嚮往各種多采多姿的新奇事物。雖然，河鼠非常想要堅持己見，不願意被蛤蟆牽著鼻子走，他太了解這位老友，總是喜歡標新立異，來顯示自己的與眾不同，顯然這一回依舊如此。但是眼見鼴鼠那一臉殷切的表情，像是迫不及待地想要爬上車去，目前只是考慮到朋友的反對態度，才遲遲不敢採取行動。

河鼠一向愛護這位直率的新朋友，無論如何，他都不願意讓對方失望，在勉為其難的情況之下，他決定暫時先不把話說死。

然而，蛤蟆也十分懂得察言觀色，擅長應對進退的他，從來不會讓場面陷入僵局，「大家先一起用餐吧！邊吃邊談，在餐桌上總是可以把所有事情都談成。」

席間，蛤蟆盡情顯現了他那舌燦蓮花、膨風吹噓的口舌之能。他刻意忽略態度明顯不悅的河鼠，全力討好新來的客人鼴鼠。

蛤蟆似乎把駕車出外旅遊這檔事，列為接下來幾週的首要大事，他詳列了出發的行程、將會抵達的目的地，以及沿途會有哪些好玩的事物。鼴鼠瞪大了原本細小的眼睛，耳中塞滿了蛤蟆的天花亂墜。在不知不覺中，蛤蟆就替他們決定了未來的行事曆。

雖然，河鼠在表面上仍舊是擺出一副不以為然的態度，但是他在心理上已經決定妥協了。他實在不願意掃了兩位朋友出遊的興致，因此也一同參與了旅遊行程的規畫。

行前的準備計畫大致就緒，興高采烈的蛤蟆帶著兩位旅伴前往他的馬廄，同時委託他們去請出這趟旅程另一個最重要的得力助手，一匹灰色的老馬。老馬的年紀早已過了揚蹄馳騁的輝煌歲月，因此這一趟載乘客出遠門的艱苦任務，說什麼，他都絕對會百般抗拒。

在鼴鼠與河鼠的好說歹說、軟硬兼施的手段盡出之下，終於逼使他乖乖就範。蛤蟆不忘繼續往櫃子裡塞入補給品，因為必須事先做好萬全的準備，才能保證此次旅行能夠賓主盡歡。車廂底下也掛著老馬平日所需的乾草與飼料，全裝進竹簍子裡，並且三隻小動物還一同費了九牛二虎之力，才讓老馬願意乖乖拉著篷車行走。

一切總算都大功告成了，蛤蟆是個天生的行動派，他立刻宣布：

「大家出發嘍！」

他們依照各自的喜好，有時走在篷車的前方，或者攀附在篷車上，你一言我一語，天南地北聊個不停。午後和煦的陽光，映照在道路兩側的果園，鳥兒飛上枝頭，問候三位旅行者，祝福他們一路順風。坐在籬笆前的兔子，也不吝稱讚他們的篷車好美。

天色逐漸暗了下來，他們也離家越來越遠，心情顯得十分雀躍，身體倒是感到些許疲累，找了一處空地，放老馬自行去吃草，他們坐在草地上放鬆休憩。

蛤蟆對著滿天星辰高談闊論，在未來幾週要實行哪些計畫。一輪明月高掛夜空，潔白的月光灑落在他們談論的話語間，直到大家眼皮感到沉重時，蛤蟆率先跳上了自己的床鋪。

「兩位晚安，今晚在野外過夜，這才是值得過的生活，別再開口閉口就是那一條河。」蛤蟆說。

「我才不會隨時掛在嘴邊，」河鼠說：「因為河流一直都在我的心上。」

「如果你想念可愛的河流，」鼴鼠低聲說：「我們也可以明天一早就回去。」

「那倒不必，既然我們都出遠門了，當然要好好玩一下。但我認為凡事都只能堅持三分鐘熱度的蛤蟆，很快就會打退堂鼓。」

「不會吧，我見到他出門時，還十分興高采烈。」

「你等著看吧！我非常了解這傢伙，大概到明天，他就原形畢露，開始埋怨出門有多累、多麻煩，實在不好玩。」

隔天一早，河鼠與鼴鼠都準時起床，相反地，那位邀請他們一同出遊的主人，還在賴床，怎麼叫都叫不醒。

河鼠開始餵馬，接著準備早餐，鼴鼠則是走上一段路去採買日常必需品。當他們忙碌完畢，打算歇息一會，蛤蟆卻精神抖擻地出現在他們面前，「你們終於知道出外旅行的好處在哪了吧？我們可以拋開日常的繁忙事務，好好地享受悠閒的生活。」

鼴鼠與河鼠互看一下，悄悄埋怨，眼前的工作不都是我們在做的嗎？你只管起床吃我們準備好的現成早餐，自然落得輕鬆。

今天，他們依然四處閒逛，駕著篷車穿街過巷，非常悠閒。傍晚，他們找了一處平坦的空地，想要在此露營過夜。這一回，兩位客人決定不再讓主人獨自空閒，於是分配了一些例行工作給他。

到了隔天，蛤蟆果然繼續賴床，鼴鼠與河鼠合力把他拖下床，而且他開始抱怨出外旅行的種種不便。篷車持續穿過荒野小徑，終於走上了他們遇見的第一條公路。蛤蟆顯得十分亢奮，他想讓路過的人都能見識到自己的篷車在公路上行走是多麼神氣。

鼴鼠與老馬並肩而行，老馬抱怨著旅途中，自己遭受冷落了，因此鼴鼠只好不斷陪他聊天，蛤蟆與河鼠走在篷車的後方，有一搭沒一搭的聊天。他們的篷車正走在路中央。

這時，從後方傳來一陣轟隆隆的聲音，音量越來越大，顯然越來越靠近他們了。正當三隻小動物同時回頭一望，後面的道路已經被一團黑煙壟罩，煙霧瀰漫中，有一隻龐然大物正從黑煙中快速衝向他們，顯然來者不善。

緊接而來的，是不絕於耳的喇叭聲，將他們的篷車逼向路旁，結果在他們不斷呼天喊地的哀號聲中，整輛篷車翻覆在水溝內，好在老馬及時脫困，才不至於落得與車子同樣的悲慘下場。

那是一輛看來十分氣派的豪華汽車，相形之下，篷車顯得十分過時。蛤蟆目瞪口呆地望著汽車呼嘯而過，心中湧起了一股欣羨的感受。河鼠與鼴鼠使勁想要把蓬車拖離水溝，但顯然無濟於事，剛才這一摔，讓這一輛才出發不到三天的篷車，持續發出了像是猛獸般的可怕嘶吼聲，接著車身整個解體，變成一堆殘破不堪的廢物。慘不忍睹的篷車殘骸散落在水溝周圍，脫落的車輪滾到路旁，沙丁魚罐頭散落一地，鳥籠摔個稀爛，受困的小鳥哭哭啼啼，不斷喊著救命。

河鼠氣急敗壞地站在公路中央，大聲咆哮：「你們這一群開車不長眼的危險駕駛，竟敢在大路上故意逼車。我非得去法院控告你們不可。」

河鼠在河上划船，也常遇見不守規矩的水手，在河面上橫衝直撞，那時的他就像現在這般暴跳如雷，開口怒罵、絕不留情。鼴鼠不停安撫著老馬，受到驚嚇的老馬也不斷向他訴苦。

河鼠仍想盡辦法要扶起篷車，無奈力不從心。

「蛤蟆，快點快來幫忙呀！」

蛤蟆獨自坐在路中央，背對著他們，夕陽將他的影子拉得好長，遠遠看過去還以為他已經嚇到腿軟了。河鼠與鼴鼠一同走過去，查看他究竟出了什麼事。

蛤蟆露出一臉陶醉的神情，望著剛才汽車行駛過所留下的輪胎痕跡，口中念念有詞，並且不停發出讚嘆聲，「原來這才是我一直夢寐以求的旅行方式，相較之下，篷車完全不值得一提。我所要的就是這一種風馳電掣的速度感。從這一座城市，到下一個鄉鎮，轉眼之間，馬上抵達目的地。這真是太棒了！」

「你在念什麼？」鼴鼠拍了拍蛤蟆的肩膀，但他無動於衷。

「我竟然從小到大都不知道世界上存在著這種美妙的交通工具，我簡直就是一隻井底蛤蟆，太不知天高地厚，浪費了許多時間去學划船，我到底在幹麼？篷車又算是什麼玩意，慢吞吞的，躺在水溝裡正是它最好的下場，活該。」

「現在是什麼情形？」鼴鼠問。

「不用理他，我們忙著幫他清理善後，這傢伙的心卻馬上飄到別的地方，他已經走火入魔，無藥可救了。」河鼠撿起了脫落的車輪，把輪軸放到馬背上，由鼴鼠牽著馬走。河鼠一手拿著車輪，另一手提著鳥籠，驚魂未定的小鳥依舊待在損壞的籠子裡，繼續當一隻籠中鳥。

「蛤蟆還坐在路上，我們該拿他怎麼辦？」鼴鼠問。

「我決定今後和他一刀兩斷，互不相欠，咱們走。」河鼠說。

他們向前走了一段路之後，聽見背後傳來氣喘如牛的聲音，「你們等等我呀，怎麼可以將我拋下！」

「你就繼續做你的白日夢好了。」河鼠頭也不回地說。

「你不要生氣，都怪我不好，讓你們吃苦頭了。」蛤蟆說：「剛才我坐在路上時，總算想清楚事情發生的緣由。」

「哪一件事情？」鼴鼠問。

「這哪需要問，當然是我們出門旅行這件事。」

「你終於明白這是個餿主意，外頭的大世界本來就不安全，我老早勸過你，乖乖待在河岸，你就是不聽，成天胡思亂想，你看你的篷車現在成了什麼樣子，變成一堆毫無用處的廢物。」河鼠說。

「沒錯，它就是一堆如假包換的廢物。我如今才想通了。」

「其實它也沒那麼糟糕，都怪那個龐然大物，把篷車擠出道路，才會摔個稀爛，我們應該去找那些人索賠，不然就要他們在法院見。」河鼠忿忿不平地說。

「不，我要感謝他們，讓我知道搭篷車根本是一種不合時宜的旅行方式。」蛤蟆說：「我要像他們一樣，擁有一輛在公路上奔馳的豪華汽車，可以威風地疾駛而過，揚起漫天塵土，飛馳而過一座座的村莊，這才符合現在的潮流。」

「你簡直是鬼迷心竅了，我真後悔和你一起出來旅行，我以後不會再上你的當了！」河鼠大吼。

「等我擁有一輛新車之後，我們再一起出門旅行吧！」

「想都別想，你作夢去吧。」

「其實這聽起來還不錯。」鼴鼠喃喃自語。

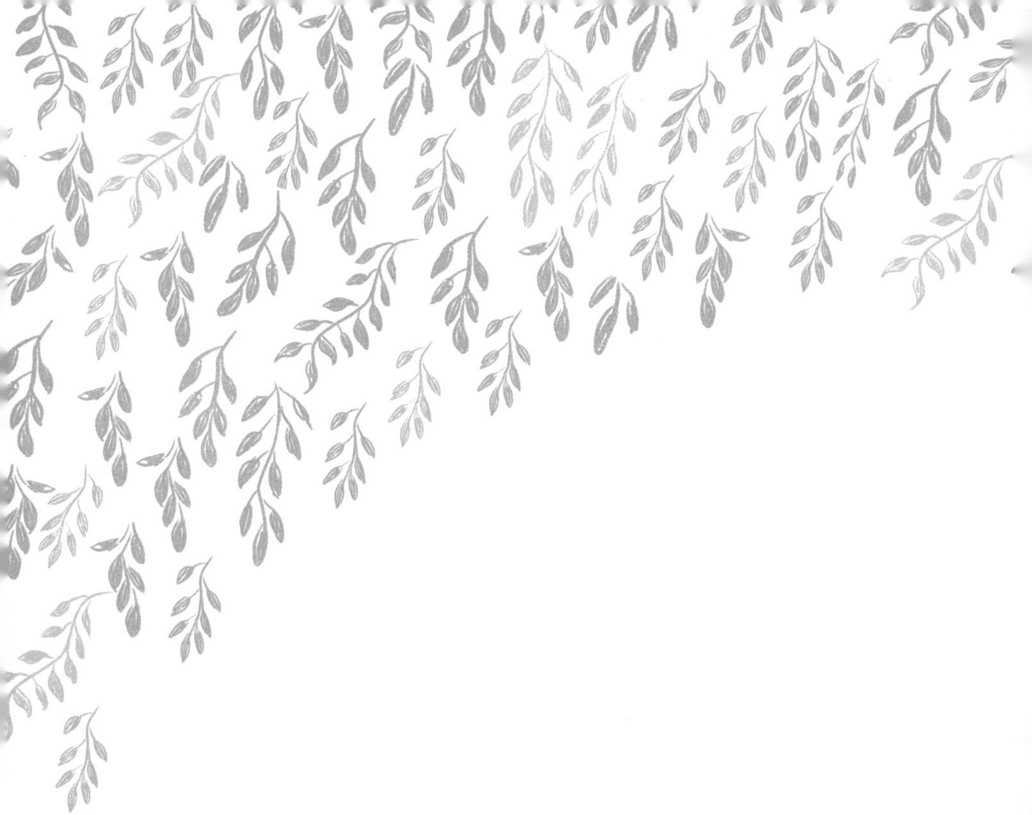

Chapter 3

野森林老獾

老獾身披一件長而破舊的睡袍，
拿著一只燭台，在微弱燭光的照映下，
那張黑白條紋相間的臉，
忽隱忽現，神祕感不減。

自從上回拜訪過喜好標新立異的蛤蟆之後，鼴鼠接著想要去認識神祕的老獾。在鼴鼠所聽來的各方評價中，老獾幾乎是毫無負評，而且雖然他很少露面，對於其他動物來說，影響力卻是無遠弗屆。

鼴鼠不斷遊說河鼠，希望能夠見上老獾一面，不過，河鼠總是能找到理由推託，不是自己太忙，就是對方沒空，幾次下來，鼴鼠不禁懷疑河鼠與老獾之間，是不是存在著難解的心結。

「能不能邀請老獾來這裡。」鼴鼠問。

「這恐怕是強人所難，因為老獾平常不愛出門，所以要他來這裡，根本是不可能的事。」河鼠說。

「既然如此，那就換我們去他家拜訪，這樣總行吧？」

「你實在把事情想得太簡單了，首先他怕生，因此不喜歡與陌生人來往，再來，他也怕麻煩，招待朋友來家裡，只會徒增困擾，雖然，我和他已經是多年老友，但是，我從未去拜訪過他家。」

「唔，他不就住在野森林裡，為什麼不去找他？」

「沒錯，他家正好位在野森林中央，不過，聽我的勸告，沒事別進去野森林。」

「野森林裡有什麼可怕的？」

「也沒什麼，但路途十分遙遠，加上即將進入冬季，在這樣的季節前往野森林，絕對不會是一個明智的決定。」

「那我何時才能見到他？」

「等待時機成熟，或者緣分到了。到時你們就算不想見到對方，都還逃不掉呢，所以你就稍安勿躁，靜待他出現吧。」

鼴鼠經由河鼠的勸說之後，決定耐住性子，等待老獾現身的那一日，在此之前，他依舊如常的過日子，與河鼠一同遊玩，日子一天接著一天過去，仍是不見老獾的蹤跡，這使得鼴鼠想要與老獾見上一面的決心，越加強烈。

河鼠在冬季變得十分重視睡眠，他養成了每日早睡晚起的作息。白天的時間，他要不是忙於家務，就是用心鑽研創作詩歌，由於河水結冰了，他最喜歡的划船活動，也只能暫且停擺。

相反的，鼴鼠卻閒到發慌，他若是不和河鼠去河流嬉戲的話，就不知道自己究竟還能再做什麼來打發時間。寒冷的冬天讓天地萬物都沉靜下來，鼴鼠覺得河岸生活不再如此有趣和具有吸引力。

這一天下午，河鼠照常坐在壁爐前的扶手椅上，他一邊編寫詩歌，一邊打盹，所記錄下的句子就如同夢囈般，斷斷續續，前言不搭後語，然後內容更加顯得高深莫測了。

鼴鼠悄悄地走到屋外，發現樹都變得光禿禿沒了葉子，但這讓他可以看得更遠了。他喜歡這褪去華麗裝扮不加修飾的原野，展現了大地的強健、純樸。他決定前往野森林探險，也許能好運巧遇老貛。雖然現在還是白晝，天色卻顯得灰濛濛的，了無生機的曠野，枝頭的樹葉早已掉光，樹木都變得光禿禿。大自然彷彿沉睡已久，不知何年何月才願意甦醒。

由於鼴鼠長期住在地底下，所以總是忽視季節的更迭，直到他抵達地面，才真正感受到四季鮮明的變化，大地同時也換上了令他難以辨認的面貌。

鼴鼠興致高昂朝著野森林的方向前行，這座漆黑的巨大林子很快就出現在他的面前。雖然野森林如此深不可測，但他依然逕自走進森林，好奇心往往壓過了莫名的恐懼感。

鼴鼠進入森林後，腳踩著地上的枯枝，劈啪響個不停，橫亙在路上的樹幹也無法絆住他行走的步伐。樹椿上所長出的蕈菇，乍看之下，模樣怪異又顯得有趣。

鼴鼠深受它們的吸引，一步一步走進林子的深處。樹木越來越茂密，道路兩旁的洞穴，像是張開血盆大口，稍不留意靠得過近，就有可能遭致吞噬。暮色迅速從各方聚攏而來，陽光消失的速度遠比想像得還要更快，天色已經整個暗下來。

黑夜降臨時，才會更加察覺到無所不在的恐懼。一張模糊的臉出現在鼴鼠的後方，他一轉過頭，那張臉就逐漸模糊到看不見，但這已經足以嚇到他了。

緊接著是，出現更多張模糊的臉，忽隱忽現，他只好當作是胡思亂想，不要自己嚇自己。眼前又出現了一雙眼睛，帶著不懷好意的眼神，彼此四目相交，隨後一閃而逝。但這只是前戲而已，一時之間，他被四面八方而來的銳利目光同時盯上，如影隨形，緊迫盯人，怎麼甩都甩不開。

鼴鼠決定走另一條羊腸小徑，想必可以甩開邪惡眼神的跟監。突然，從他的後方傳來一陣尖銳的叫聲，迫使他不敢回頭，只能不斷地向前走。

鼴鼠感到自己孤立無援，進退維谷，聲音的主人究竟是誰？意欲為何？鼴鼠越想越害怕，夜幕已經悄然襲罩林子，他更加無法確定聲音來自何方。

這時，他又聽見啪嗒啪嗒的聲音，起初，懷疑是落葉聲，但聲音像是來自遠方，後來逐漸變得更加清晰，而且不斷逼近。

這時，樹叢中衝出了一隻兔子，鼴鼠不大確定聲音是否由他發出，但對方並未放緩速度，也不打算繞路，就是朝鼴鼠直直撞了過來。然後在千鈞一髮之際，與鼴鼠擦身而過。

「你這個礙手礙腳的笨蛋，別擋路呀！」兔子惡狠狠地怒視著他。

鼴鼠納悶，為何自己老是遇上態度惡劣的兔子。然後兔子跳入一個洞穴中，失去了蹤影。

鼴鼠感到恐懼已然上身，立刻拔腿狂奔，突感後方似乎有東西正在追逐他，把他當成獵物在追捕。鼴鼠失去了方向感，只能像無頭蒼蠅般，在黑暗中加快腳步，到處橫衝直撞。就在這時，他絆到了盤根錯節的老樹根，跌入一株老山毛櫸樹的樹洞裡。這個洞又黑又深，彷彿一口將他吞噬，他雖然摔個不輕，但神智依然清醒。疲憊不堪的身軀再也跑不動了，他誤打誤撞跌進這個樹洞裡，恰好能把洞穴當成自己暫時的庇護所。

鼴鼠感到又餓又累，他的身體被枯葉覆蓋著，以便抵禦寒風的吹襲。他蜷縮著身體，直打哆嗦，上氣不接下氣的喘息，外面充斥著不明的腳步聲，以及間歇傳來的高聲尖叫。

鼴鼠懊悔自己不聽河鼠的善勸，肆意膨脹了好奇心，才會落得這般悲慘的田地。他低估了野森林的危險，這座森林遠比他所預期的還要來得加倍恐怖。

正當鼴鼠在野森林挨餓受凍，另一方面，河鼠卻在自己家中的壁爐前假寐，他尚未完成的詩稿從膝蓋上滑落到地面。他頭往後仰，嘴巴開開的，正夢見自己徜徉在綠草如茵的河岸。突然，一塊木炭滑動下來，爐火劈啪作響，驚醒了進入夢鄉的河鼠。

河鼠拾起地上的稿子，發覺自己已經睡了好一會，他想起之前曾為安排詩的韻腳所苦，於是認為自己也許應該去問問鼴鼠的意見。他叫喚鼴鼠，卻得不到任何的回應。

河鼠走到客廳，看到鼴鼠原本應該掛在鈎子上的帽子不見了，他那雙經常擺在傘架旁的靴子也不在原地。河鼠走出門外，查看附近是否留有鼴鼠的足跡，眼尖的他發現鼴鼠那雙新買的靴子所留下的腳印，循著腳印行走的方向判斷，確定了鼴鼠是朝著野森林走去。

他表情嚴肅地站在原地沉思了一會，接著返回屋內，緊緊繫上了一條皮腰帶，並且在腰間插上兩把手槍，然後又從客廳的角落，拿起一根粗大的木棒，全副武裝，腳步急促地奔向野森林。

他進入野森林時，天色已經暗了下來，但是他仍毫不畏懼往林中前進，一路上四處觀望，嘗試著找到他朋友的下落。一張張模糊的臉再次從洞穴裡往外探，但是一見到這位腰際有槍，手持大棒，一副來者不善的陌生動物，立即躲回洞穴，不敢輕舉妄動。

尖叫聲與腳步聲倏然平息，森林中恢復了平靜。他勇氣十足地獨自在森林中穿梭，反覆尋找著鼴鼠的下落。他不停大聲呼喊，聲音在林中迴盪，勢必要找到鼴鼠不可。

就在河鼠一邊呼喚，一邊行走的同時，路旁的樹洞裡傳出了微乎其微的求救聲。他立刻蹲下來側耳傾聽，判斷聲音是洞穴裡傳出來，於是馬上動身爬進洞內。

「小鼴，是你在洞裡面嗎？」

「沒錯，河仔，就是我，我真後悔沒聽你的話，自己跑來森林裡受苦。」

「早知如此，何必當初呢？」河鼠說：「除非結伴同行，不然河岸的小動物是不會獨自來到野森林，這樣太危險了。尤其你是生手，不懂得野外求生的技巧，也沒聽過那些反覆口誦的要則。你若是從未學過這些，就不該獨自前來。假如是老獾或者水獺，那又另當別論了，他們哪裡都敢去。」

「那像是蛤蟆會獨自來這裡嗎？」

「想都別想，他雖然平常瘋瘋癲癲，但沒有吃錯藥，他對這裡興趣缺缺，根本就沒有吸引他的地方，尤其是老獾還住在這兒。」

鼴鼠見到好友的出現，立即揮別了早先陷入絕望的情緒，重新燃起懷抱希望的念頭。他鼓起勇氣和河鼠一起離開黝黑的樹洞，重新回到林子裡。

雖然如此，鼴鼠才走沒幾步，就停下身子，他實在太過疲累了，加上受到了不小的驚嚇，令他始終驚魂未定，無法再繼續行走。

「我們不能停留在這裡，必須趕快離開。」河鼠說。

「不行，我現在是心有餘而力不足，真的走不動了。」

河鼠感到無可奈何，只好再和鼴鼠返回樹洞，並且用乾落葉覆蓋住鼴鼠的全身，替他保暖。河鼠則取出手槍，自行守夜。

鼴鼠安心地睡了一覺，精神恢復了不少，河鼠見他醒來，也起身走向洞口，朝洞口外頭一探。

「這下子不好了！」河鼠叫著。

「發生了什麼事？」鼴鼠問。

「外面降下大雪了，變得白茫茫一片。」

鼴鼠和河鼠一同朝洞外探頭，原先令他恐懼不已的黑色森林，如今已被白雪覆蓋，成了一個雪白世界，像極了一處天外仙境。實在很難想像這裡原先是座陰森的野森林，現在整個景象都截然不同了。相較於河鼠的擔憂，鼴鼠倒是感到十分新奇。

「既然遇上大雪，也只能接受了。」河鼠說：「雖然無法辨識方向，但是窩在這裡坐困愁城，也不是辦法。」
「所以我們決定出發了。」
「當然，既來之，則安之。我們一定要離開這裡。更何況，我對於野森林這個地方也不算陌生，努力尋路，終究還是能夠找到出路。」

兩隻小動物鼓起勇氣，結伴同行。大雪使周遭的景色看起來都相同，每當他們一停下腳步，都不免懷疑像是在原地打轉，彷彿被困在迷宮之中。現在他們已經分不清天南地北，完全失去方向感了。

他們心力交瘁，感覺似乎被困在死胡同裡，只能先坐在一棵橫倒的樹幹上休息。

「這樣下去真的不是辦法，我完全無法分辨出該往哪裡走，才能找到森林的出口，這真是太困難了。」河鼠不禁埋怨起來。

「都是我不好，才會害得我們兩個現在被困在雪地裡。」鼴鼠低

頭思過。

「現在講這些已經是無濟於事，我們也不能一直坐在這裡休息。」河鼠說：「寒風會讓我們體力流失得很快，一旦失溫，我們就再也走不出去了。」

鼴鼠總算意識到事態的嚴重性，這可是攸關生死安危，他忍不住打了哆嗦。終於兩隻小動物還是起身，繼續未完的行程。

當他們走到一座小山丘前，鼴鼠的腳底一滑，摔了個狗吃屎。

「我的腿好痛呀！」

「你的腿怎麼了？」河鼠趨前查看。

「不知道，但是我的腿流血了，真的痛死我了。」

滴下來的血滴染紅了鼴鼠腳下的雪地，看起來令人怵目驚心。

「你腿上的傷口被劃得很深，像是被金屬利器割到一樣。」河鼠抽出隨身攜帶的手帕，替鼴鼠包紮傷口。

「不管啦！這簡直讓我痛不欲生吶！」鼴鼠叫喊著。

但是河鼠顧不得鼴鼠的哭天喊地，一心想要尋找到割傷鼴鼠的物體。這一點讓鼴鼠感到忿忿不平，好似同伴見死不救。

河鼠開始不停在雪地上挖掘，並且挖得非常起勁，被晾在一旁的鼴鼠，則是愈加感到不耐煩，忍不住抱怨：「你到底在挖什麼？」

「等等，」河鼠說：「哈哈，總算被我找到了！」

河鼠開心地在原地跳起來，鼴鼠卻是抱著腿，一臉困惑地看著他的同伴如獲至寶。

「你究竟發現了什麼？」

「你快過來看。」

鼴鼠跛著腳慢慢走向河鼠所指的位置，他低頭一看，然後皺眉頭說：「這是你挖到的東西嗎？不就是一把用來移除積雪的鏟子嗎？哪有什麼稀奇。」

「難道你不知道這代表什麼？」

「哦，我懂你的意思了，肯定是有個冒失鬼隨便把鏟子扔在路邊，害我受傷。感謝你幫我找到了凶器。」

「算了，」河鼠說：「你還沒搞懂我真正的意思。我們繼續挖，你等一下就明白了。」

「別白費精力了，你說過在雪地裡很容易流失體力，那為什麼還要挖？」

河鼠才不理會同伴的挖苦，只管奮力往下挖，這次他挖到了一塊舊的腳踏墊。

「你一直在挖這些廢物，根本是徒勞無功，浪費時間與精力。難不成我們要一起搭乘這一塊腳踏墊回家嗎？」

「你真是個冥頑不靈的石頭腦袋，看見腳踏墊還無法聯想到什麼嗎？」

「一塊又舊又爛的踏墊，還能夠讓我想到什麼？一個沒公德心的傢伙，把自家的垃圾四處亂丟。這是你想要的答案？」

「好了，到此為止，」河鼠提高音量說：「我不想再和你雞同鴨講，或者聽你在廢話連篇，快點來一起幫忙挖，別裝病偷懶。今晚若想找到一個安心的落腳處，現在就是我們的最後機會。」

鼴鼠見到河鼠如此義正嚴詞的責難，而且非常偏執，一味要求他幫忙挖掘，為了不惹毛朋友，他只能心不甘情不願地動手，而且感覺自己就像是個笨蛋。

這時，河鼠碰觸到了一個物體，具體來說，他感覺好像是摸到一扇門。河鼠立刻呼喚鼴鼠一同過來挖掘，費了一會的工夫，一扇被漆成墨綠色的小木門出現在他們的面前。木門旁邊掛著一條拉鈴，拉鈴的下方繫上了一塊黃銅門牌。牌子的正面刻上了幾個工整的大字，他們就著月光辨識出文字：老獾的家。

鼴鼠興奮地在雪地上手舞足蹈，早已忘卻了四周是天寒地凍。

「現在我終於了解你剛才一股腦兒在挖什麼，你實在太了不起了。自從我的腿受傷後，你那顆靈光的腦袋，就已經洞悉了事情的真相，先去找到鐵鏟子，接著又發現腳踏墊，經由這些線索，推理出附近可能會有一扇門。你簡直就是位神探！」

「夠了，我那麼辛苦地挖掘，可不是為了要聽你的吹捧。」河鼠說：「現在我需要你的幫忙，快點起來扯住拉鈴，然後我用力撞門。在這種氣溫下，老獾恐怕睡得正香甜，若是不用力製造出聲響，他恐怕什麼都聽不見。」

河鼠用力捶門，然後鼹鼠一躍而起，抓住拉鈴，離地的雙腳踏在木門上，卯足了勁向後拉。一陣從遠處傳來的鈴聲，在他們的耳畔迴盪著。

他們等了一會，直到聽見門的後方傳來了沉重的腳步聲，「是誰呀？竟然會在這種天氣前來擾人清夢。」

「老獾，」河鼠扯開喉嚨說：「是我，河鼠，以及一位朋友鼹鼠。我們不小心在雪地迷路。」

「怎麼是你呢？小夥子，」老獾說：「在冰天雪地的野森林迷路，這可不是鬧著玩的，你們肯定凍著了，快點進來，我這兒一向比外頭來得暖和。」

開門迎接他們的老獾，身披一件長而破舊的睡袍，腳上踩著一雙後鞋跟早已磨平的拖鞋，看起來實在不怎麼體面，不過，他本來也沒打算穿這樣來迎接客人。

老獾的手中拿著一只燭台，在微弱燭光的照映下，那張黑白條紋相間的臉，忽隱忽現，神祕感不減。接著老獾親切地招呼他們進到屋內，「今晚可不是出門遊玩的好時段，你們不該這樣鬧著玩，太危險了。一同進來廚房吃晚餐吧。」

兩隻小動物緊跟在老獾的背後，望著他看似老邁的背影，緩緩走過一條狹長又陰暗的廊道，來到了中央大廳。有幾條岔開一眼望不到盡頭，幽深又神祕的甬道，以及好多道看起來堅固且牢靠的橡木門。老獾推開了其中一道門，門內是一間點著爐火的溫暖廚房。

地面是鋪著紅磚的老舊地板，壁爐裡點燃著熊熊的爐火，室內顯得一片通紅。壁爐兩側各擺著一張扶手椅，專門提供給喜歡在爐火前取暖的客人就坐，恰巧兩位受凍的小客人目前最是需要。廚房中央擺著一張陳舊的木頭飯桌，周圍擺了幾張長凳子。

老獾在桌上留有剩餘的晚餐，一頓看起來可口的家常便飯。櫥櫃裡的碗盤潔白如新，靠近天花板的橫梁上，垂掛著一支風乾的火腿、成綑的菜乾、一籮筐的洋蔥，以及一整籠的雞蛋。

接著安排兩位客人坐在爐火前的扶手椅，要求他們更換已經濕透的衣褲，並換上替他們準備的室內衣物。他還準備了一盆溫水，沾濕的毛巾是用來擦拭清潔鼴鼠腿上的傷口，並且重新為他敷藥包紮。

兩隻在大風雪中吃盡苦頭的小動物，總算是苦盡甘來，盡情享受著爐火帶來的暖意，以及屋內所給予的安全感。先前的遭遇宛如惡夢一場，如今夢已甦醒，他們慶幸能夠遇見老獾。

老獾已經準備好了餐點，吆喝他們快點上桌享用。他們早已是飢腸轆轆，一上餐桌就不顧吃相，狼吞虎嚥，大快朵頤一番。老獾在一旁靜靜地看著他們吃個不停，宛如是一位慈祥的長輩，正在看顧年幼的孩子。

他們飽餐一頓後，隨即打開話匣子，你一言我一語，聊起近期的際遇。老獾始終在一旁靜靜聆聽，並未加入談話。接下來，終於談到蛤蟆的近況，這也是老獾關心的話題。

「蛤蟆那孩子近來可好？」老獾問。

「我只能說每況愈下，他一向不懂深思熟慮，總是任性妄為，想做什麼就做什麼？」河鼠說。

「嗯，他向來都是如此。」老獾神情凝重。

「蛤蟆可不是百萬富翁，他花錢卻如流水，早晚都會破產。老獾，我們是不是要拉一把啊？」河鼠感覺自己的眼皮鬆了。

「我們應該要啊，但是，你們也知道，現在我愛莫能助啊！」老獾嚴肅地表示。

河鼠和鼴鼠都懂他的苦衷，以動物界的規矩，在冬季時節，是不能指望任何動物去做費勁或活躍的舉動，這時動物們幾乎都昏昏欲睡，前段時間日日夜夜的辛勤勞動後，體力消耗了許多，所有的動物都會歇息，隨著氣候調節。

「這樣吧！既然他變本加厲，我們有責任，讓這隻成天胡鬧的蛤蟆變得更加成熟。等新的一年開始，黑夜變短的時候，那時我們就……河鼠，你打瞌睡了。」老獾的談話就在兩隻小動物昏昏欲睡時打住了。

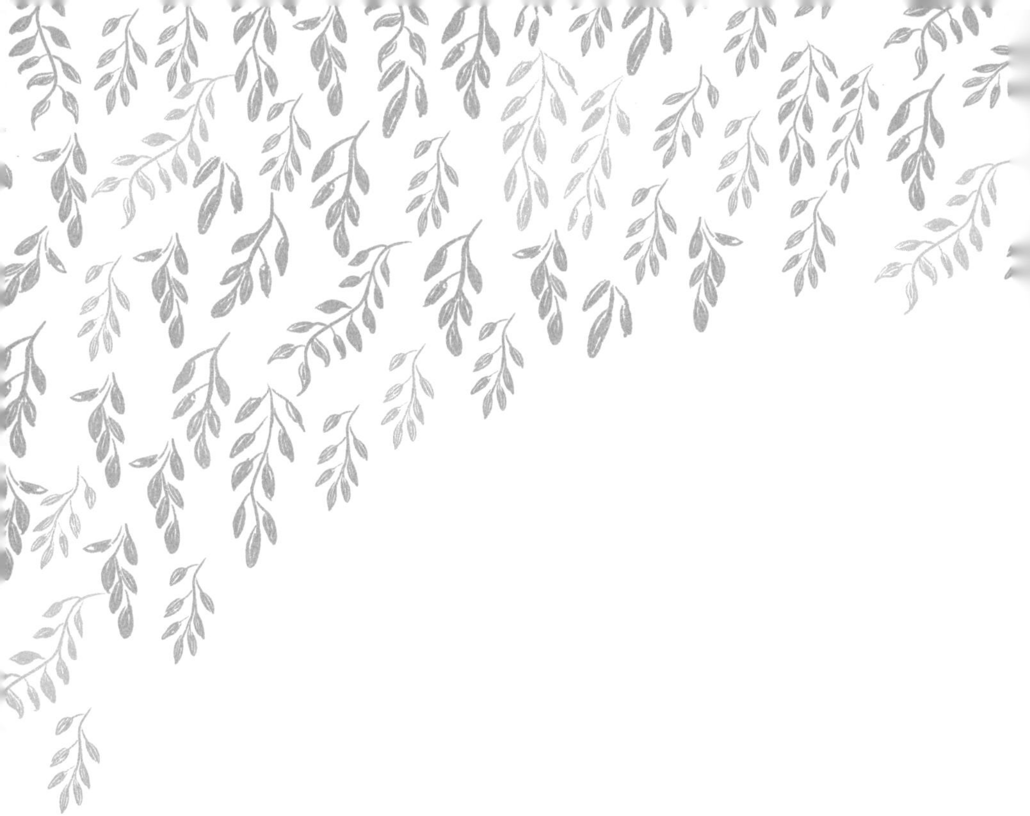

Chapter 4

返家過耶誕

那是我的家，鼴鼠差點吶喊出來。

自從他在春光明媚的早晨，拋下手上的一切，

離家之後，就幾乎忘記了家在哪裡，

如今它正在原地呼喚著自己歸來。

在老獾家經過一晚的休息，隔日享用過午飯後，老獾和鼴鼠聊得愉快，兩隻是居住於地底的動物，因此鼴鼠也顯得非常自在與安心，鼴鼠說：「回到地下，心裡就覺得踏實多了，沒有東西會掉落頭上，也不會有誰突然撲到你身上，你是自己完完全全的主人，不用跟誰商量什麼，也不必管他們在說什麼。但只要你想，你就能到地面上去。」

老獾聽了微笑說：「這正是我想說的，我們到地面上走走逛逛雖然是很不錯，但最終還是要回到地底來，這是我對家的觀念。等等帶你參觀我家，你一定會喜歡的。」

然而，河鼠可不想待在這太久，地底的空氣讓他覺得很有壓迫感，他來回踱步、表情緊張，似乎很擔心再不回去河就會不見似的。「鼴鼠，我們走吧！趁現在天亮著，不然我們又得在野森林過夜。」

「雖然野森林變得十分擁擠，許多動物都紛紛搬遷進來，有些心存善意，有的天生壞心，但是別擔心，他們都是我的朋友，只要我打聲招呼就行了，而且我有祕密通道。你們再坐一會兒吧！」老獾十足把握地說。但河鼠還是坐不住，於是老獾向他們指明一條可以避過危險的祕密通道，兩隻不屬於這座森林的小動物總算安然脫身了。

河鼠與鼴鼠終於要踏上歸途了，離家有一段時間的鼴鼠，經過這一次野森林歷險並借住老獾家之後，也開始想家了。他需要回到熟悉的環境，重溫過往單調卻平安的時光。唯有回家，才可以避開外在的危險，地面上確實有許多吸引自己的新奇事物，但鼴鼠現在是歸心似箭，急欲返家。

這是一條回家的路，他們明白早晚都會走到盡頭。鼴鼠與河鼠不如往常那般熱絡，一路上默默無語，身心都感到疲憊不堪，目前他們只想趕快返抵家門。冬日裡的白晝，很快就被夜幕悄悄地逼走，四周的景色全部顯得陌生，鼴鼠認不得回家的路，只能跟在河鼠的背後，河鼠走得很快，以至於他們的距離越拉越遠，再不跟上，就要走丟了。

就在這個當下，一種無法用言語形容的奇異感受，或者大致上可以這樣比喻，那就是不知從哪兒來的神祕呼喚，觸動了鼴鼠的內心。

突然，鼴鼠停下了腳步，想要確認為何會產生這樣突如其來的感受，一股暖流逐漸擴散至全身，而且感覺似乎越來越強烈，越來越熟悉，彷彿似曾相識。他用鼻子到處嗅聞，用力地捕捉線索，他找到了！

家！全部的回憶一股腦湧上心頭，那是我的家，鼴鼠差點吶喊出來。自從他在那一個春光明媚的早晨，拋下手上的一切，離家之後，就幾乎忘記了家在哪裡，如今它正在原地呼喚著自己歸來。

往事歷歷湧上心頭，鼴鼠的情緒轉而激動起來，身體不由自主地顫抖。河鼠轉頭，發現自己與鼴鼠已經拉開好一大段距離，不禁朝他呼喊：「快一點，不然我們到天亮時都還回不了家。」

但是鼴鼠始終停駐在原地，忍不住哽咽：「求求你不要再往前走，我已經發現自己的家就在這裡，我不能拋下它不顧！」

河鼠離鼴鼠尚遠，聽不太清楚鼴鼠說些什麼，但是他卻聞到了一種氣味——那是快要下雪的徵兆。「小鼴，我們現在真的停不得呀！不管你現在想到什麼，我們回家再說，天色已暗，這路我也不熟，實在是不能停下來呀！」河鼠說完就轉頭繼續向前走。

可憐的鼴鼠站在路上，他的心卻像被撕裂般難受，他不想拋棄他的朋友，但同時間老家又不斷地喚著他，鑒於對朋友的忠心，他只能狠下心將自己的腳跨向前走，跟隨著河鼠。但他仍在若有似無的氣味中，感受到老家對於他的埋怨。

河鼠對於鼴鼠的心情竟毫無覺察，只是不停地說回到家後要做些什麼、吃些什麼，鼴鼠似乎是在強忍淚水，他擔心他快要失去幾乎要找到的東西，他找了一個樹樁，接著坐在上面啜泣，然後越來越難過，終於壓抑不住傷心的情緒，淚水整個潰堤，嚎啕大哭起來。河鼠不明就裡，一時被鼴鼠突如其來的淚崩，弄得手足無措，他連忙上前安慰：「我的好友，究竟發生了什麼事，不妨說出來讓我替你分憂，不要獨自難過。」

鼴鼠已經哭個稀哩嘩啦，連話都說得斷斷續續。「我知道自己身在地穴的老家，不如你……在河岸的小窩，也比不上豪華的……蛤蟆莊園，更是沒老獾的屋子來得那般溫暖舒適，但它始終都是……我的家哪！沒想到，自從我離開家後，就……將一切忘個精光，甚至忘記家在哪裡……」

河鼠眼看鼴鼠的情緒失控，哭哭啼啼，像是突如其來的狂風暴雨，必須靜待它肆虐完畢，雨過天晴，一切恢復到井然有序時，才能靠近收拾殘局。

「好吧，夥伴，我們動身吧！」河鼠趨前拉著鼴鼠的胳臂轉往他們走過的原路去。

突然，河鼠宛如觸電般，立刻甩開鼴鼠，因為他感受到從對方的身上傳來了一股奇異的電流。

這時，鼴鼠僵直地立在原地不動，細尖的鼻子朝空氣中嗅著，微微顫動，緊接著他朝前方拔腿狂奔，不一會，又緊急煞車，回頭探了一下，像是確認完畢，繼續向前走去。

河鼠見到鼴鼠行動起來，立即跟上前去，瞬間主客易位，原先是由他帶路，現在卻交由鼴鼠領路。鼴鼠宛如在夢遊一般，漫步在廣闊無垠的星空底下，大地就是一座任由他探索的舞台，跨越一條早已乾涸的溝渠，穿過一道樹籬，踏上了一片寬廣的田野。

在毫無任何徵兆之下，河鼠眼前的鼴鼠就逕自地鑽入地底，他即刻也跟著鑽進地底通道，然後他們一同進入地道之中，裡頭狹小陰暗，伸手不見五指，充斥著泥土潮濕難聞的氣味。

河鼠亦步亦趨地緊跟著鼴鼠，感覺自己似乎走了好長一段路。終於，他能夠起身，伸展四肢，抖動著身體，畢竟屈身爬行許久，早已感到腰痠背痛。鼴鼠朝石壁劃了一根火柴，點燃火光，霎時照亮周圍的環境，河鼠這才發覺自己正站在一塊小空地上，地面一塵不染，這是鼴鼠之前春季大掃除的成果。兩隻小動物正對著一道小小的家門，門牌上寫著醒目的黑體字「鼴鼠隱園」。

鼴鼠取下掛在牆壁上的燈籠，點亮之後，河鼠總算看得更加清晰，他們正站在房子的前院，大門旁擺著一把座椅，牆上掛有許多花籃，籃子之間的支架擺放著多個泥塑像，例如英國維多利亞女王，以及義大利民族運動的英雄加里波底等著名的歷史人物。

院子中央有著一圈飼養金魚的小池塘，周圍都是使用海扇貝殼所搭建而成，池塘中央同樣有一座由海扇貝殼所建立的貝塔，塔尖鑲嵌一顆銀白色玻璃球，無論是誰只要從球面上映照出來，模樣都顯得滑稽怪異。

鼴鼠見到這些熟悉的物品，心中立時湧現一股暖意，臉上綻放出許久不見的笑容，然後推著河鼠進入屋內。然而，當他點亮了客廳的桌燈，室內大放光明，卻見到屋裡所有家具的上頭，全部覆蓋著一層厚厚的灰塵，這一切足以顯示，屋子的主人有多久沒回到家中。

鼴鼠原先的思鄉之情，卻一下子就被自己家中狹小的空間，老舊的室內陳設給驅逐殆盡。他全身癱軟地倒在座椅上，雙手摀住小小的臉龐，忍不住啜泣起來。

「河仔，我真是對不起你呀！在如此寒冷的夜裡，我真不應該硬是要把你拖到我家來，讓你必須忍受狹窄昏暗的空間。不然我們早該回到你那個溫暖的河岸洞穴，就著壁爐烤火取暖，多麼舒適宜人，而不是待在這裡挨餓受凍，這怎麼樣也說不過去。」

雖然鼴鼠很快又陷入自怨自艾的情緒裡，但是河鼠不予理會，他在屋內不斷奔跑，不停拉開房門，查看各個房間與櫥櫃，點亮滿屋子的燈與蠟燭。河鼠首先要升起爐火，他鼓勵小屋的主人，趕快提起勁來，把家裡好好打掃一番，畢竟距離上一次的春季大掃除已經有好長一段的時間。鼴鼠受到了同伴的熱情鼓舞，總算振作起來，細心認真地打掃屋內的每一處角落。

河鼠來來回回，一趟接一趟，抱著木柴，沒多久爐火就暖和了客廳，他呼喚鼴鼠先放下手邊的工作，過來一同取暖，卻見到鼴鼠滿臉愁容，癱軟無力地坐在躺椅上，雙手捂住自己的小臉。

「就算我現在把房子全部打掃完畢，一切仍舊是徒勞無功，因為家中根本沒有存糧，我離家時，就沒想過要再回來，現在是家徒四壁，什麼都沒有呀！」

「你還真是會庸人自擾，」河鼠說：「你長期生活在地底，肯定不常出門，也許房子裡仍有你曾經囤積過的食物，我們一起來找找。」

兩隻小動物竭盡所能，搜遍屋內每一處可能存放物品的地方，一陣翻箱倒櫃之後，果然找到了一只沙丁魚罐頭，一盒還未開封的餅乾，一條用錫箔紙包住的德式香腸。

「這些足夠讓我們擺上一席豐富的晚餐。」河鼠說。

當他們來到飯桌旁，準備打開沙丁魚罐頭，庭院傳來了一陣慌亂的腳步聲，同時還夾雜七嘴八舌的談話聲。

「有誰出現在門外？」河鼠問。

「包準是田鼠們來了，」鼴鼠露出一臉得意的神情說：「每到耶誕夜時，他們都會沿途拜訪，上門齊唱耶誕頌歌，這已經成為每年必不可缺傳統儀式，最後的終點就是我這鼴鼠隱園。」

「那我們快點開門迎賓吧。」河鼠充當起一家之主了。

一群可愛的小傢伙，脖子上圍著鮮豔的紅色羊毛圍巾，雙手插入口袋，雙腿不停踱步，想要驅走寒意。他們全部擁有一對明亮又帶著純真的眼珠子，互相對看，露出靦腆的笑容。然後由帶頭的年長田鼠發號司令，大家一同唱起耶誕頌歌。一代接著一代地傳唱著……。

「孩子們，你們的歌聲宛如天籟，真是太好聽了，快點進來屋

內，裡面比外頭溫暖得多。」河鼠連忙招呼。

鼴鼠很開心見到久未重逢的田鼠們，不過。他的笑容一瞬即逝，因為只要想到自己家中貧瘠的食物，再見到眼前這一群孩子們，頓時感到不知所措，深怕招待不周，怠慢了遠道而來的小客人。

河鼠顯然不是喧賓奪主，而是稱職地扮演起協助主人的角色，他指揮田鼠們趁著店家尚未打烊，趕緊出門去採買。河鼠從口袋中掏出一串硬幣，交到帶頭的田鼠手上，讓他來分配工作給其他田鼠。負責採買的幾隻田鼠，飛快地出門，其他田鼠則在座位上靜候他們歸來。

鼴鼠打算說起自己打從離家後所發生的一連串冒險，但是礙於大多數的田鼠實在過於年幼，不適合聆聽那些太過刺激的事蹟，尤其是獨闖野森林那一段恐怖的經歷，因此大家只好靜靜地圍在壁爐前烤火取暖。

過了好一會，屋外傳來敲門聲，採買的田鼠們已經達成任務，他們手上的籃子堆滿了之前河鼠指定要買的貨品，然後一股腦地倒在桌上，河鼠又開始分派工作給沒出門購物的田鼠們，大夥齊心協力準備好今晚的耶誕大餐。

鼴鼠恍然如夢般，望著一桌豐盛的晚餐，明明剛才桌上還是空蕩蕩的，現在卻是滿滿一桌的美味佳餚，印象中，這似乎是自己見過最為盛大的耶誕晚宴。小朋友們個個喜上眉梢，大快朵頤起來，甚至顧不得吃相地狼吞虎嚥。

鼴鼠沉溺在如此歡樂溫馨的氣氛中，他在外度過那些有趣新奇的經歷之後，最終還是回到家，重溫自己最為熟悉卻無法捨去的生活。大家紛紛回憶起往事，你一言，我一語，講個不停。食物都快見底，話題卻不斷冒出來。田鼠們告訴鼴鼠最近所發生的各種事情，千篇一律，全是鼴鼠最為熟悉的田野話題。

河鼠已經盡到他的責任，所以在餐桌上不發一語，安靜吃著盤子上的食物，偶爾抬頭狀似聆聽他們所聊的話題，儘管不大明白這些雞毛蒜皮的日常瑣事，究竟有何重要性。但他明瞭餐桌上的閒話家常，往往就是最能維繫住彼此的情誼。

晚餐到了尾聲，田鼠們全都撐起肚皮，他們一同起身向主人道謝，並且送上祝福的吉祥話，然後揮手道別，當然口袋中少不了該有的耶誕禮物。

鼴鼠與河鼠送走了客人，總算可以輕鬆一下。鼴鼠十分感謝河鼠安排了一頓豐富的耶誕饗宴，讓大家共度一個既愉快又難忘的夜晚。

今晚，河鼠勢必要待在鼴鼠的家中，無法返回河岸，但他總能隨遇而安，不讓主人操心。已疲累不堪的鼴鼠，雖然也想躺在自己的枕頭上舒服地睡去，但在闔眼之前，他再度環視了自己的家，房間因爐火而變得十分柔和溫暖，還看見許許多多他所熟悉的東西，鼴鼠現在的心境，正是河鼠悄悄地引他進入的。他也清楚看到，儘管他的家狹小又平凡簡樸，對自己來說卻很重要。他又想起之前離家的全新生活，他不會放棄繼續探索新的事物，但也絕不忘記自己的家，因為這是出發的起點，也是返回的終點。萬事萬物，有始有終，生活是如此的踏實。

Chapter 5

放浪形骸的蛤蟆先生

一身奇裝異服的蛤蟆現身在三位朋友面前，
他套上一件寬大不合身的夾克，
頭上戴著一頂鴨舌帽，
對著瞠目結舌的友人們打起招呼。

一個陽光燦爛的初夏早晨，河水的水流已恢復了往常的速度，河岸的景象也因為暖和的太陽而變得綠油油。河面波光粼粼，光線反射在河岸的洞穴裡，河鼠與鼴鼠已經起床，準備迎接一年一度的遊河季，並重新粉刷船身，修理船槳，補好先前龜裂的椅墊。

他們忙完分內的工作，開始吃起早餐，並且討論今日的行程，突然，他們聽到了一陣用力的敲門聲。

「一大清早還有誰會急著上門？」河鼠一邊咀嚼口中的炒蛋，一邊口齒不清地回應。

鼴鼠主動起身去應門，當他見到門外的訪客，忍不住發出驚喜的叫聲：「河仔，今天有貴客上門了，是住在野森林的老獾！」

老獾平日深居簡出，從來不輕易離開野森林，所以若是選在這個時間前來登門拜訪，肯定是無事不登三寶殿。

老獾邁開沉重的步伐，緩緩地踏進屋內，他那張不苟言笑的表情看起來十分嚴肅，彷彿若有所思。當河鼠一見到老獾，顧不得尚未吃完的早餐，趕緊趨前招呼這位德高望重的老友。

「你吃過早餐沒？老獾。」

「你不用招呼我，現在該是行動的時候了。」老獾說。

「行動！什麼行動？」河鼠一臉詫異地問。

「難不成，你忘了在冬季那一天來到我家所談論的事？」老獾說：「還是你當晚都在打瞌睡，把我的話全部當成馬耳東風！」

河鼠一時感到心虛，當晚他確實是昏昏沉沉，身心俱疲的情形之下，聆聽老獾如何義正嚴詞地舉出蛤蟆的種種不是，那些放浪形骸的行徑，大大違反他一向謹守的高道德規範，身為長輩，真的無法坐視不管。

「沒有、沒有，我全部都記得！」河鼠挺直身子說。

「我再三強調，一旦寒冬過去，天地萬物甦醒時，」老獾說：「這隻蛤蟆自認為的好日子就已經過完了，今天，我會來到這裡，就是已經準備好要對他嚴加管教，這樣才對得我那過世的老友，蛤蟆老爸。他老人家若還在世，絕對看不下去自己這個不成才的兒子，肆意揮霍著所剩不多的家產，成天虛度光陰。」

「沒錯，」鼴鼠說：「我想起來了，我們是該給整天醉生夢死的蛤蟆好好來記當頭棒喝，敲醒他那顆昏瞶的腦袋。」

「昨夜我收到了一則有關蛤蟆荒誕行為的壞消息。」老獾拉了一張扶手椅，然後一屁股坐下去，「就在今天一大早，他挑了一輛馬力十足的嶄新跑車，請專人特地開到蛤蟆莊園，供他試駕，如果駕駛的結果讓他感到滿意的話，就決定下單。」

河鼠想起上回和蛤蟆那趟近似災難的篷車之旅，至今還餘悸猶存，而且那時蛤蟆竟然對造成他們翻車的危險駕駛欣羨不已，簡直是患了失心瘋。

「我非常需要你們兩位年輕晚輩的協助，必須立即矯正蛤蟆的任意妄為，不能讓他繼續沉淪下去。」

「說得對極了，」河鼠馬上推開尚未享用完的早餐，一起加入譴責蛤蟆的行列，同仇敵愾，「假如無法幫他去惡從善，我們就跟他絕交，從此劃清界線，井水不犯河水，他也別想再划船來到我的河岸，不然，我就把他掃地出門。」

兩位年輕的動物決定以老獾馬首是瞻，開始執行解救蛤蟆脫離墮落生活的任務。動物們在結伴同行的時候，總會用一種直排的方式前進，這樣若遇到危險時才能方便支援與協助。當隊伍來到蛤蟆莊園的車道，果然如老獾先前提到，大宅院前停放著一輛鮮豔的紅色大汽車，看起來十分拉風。他們繼續往前走，然後一幅不堪入目的景象，立即讓老獾火冒三丈。

一身奇裝異服的蛤蟆隨即現身在三位朋友面前，他套上一件寬大不合身的夾克，頭上戴著一頂鴨舌帽，而且用手調整了一下十分花俏的護目眼鏡，雙手則是套上了皮手套。蛤蟆神氣活現地步下台階，對著瞠目結舌的友人們打起招呼。

「看看你們，我親愛的朋友，」蛤蟆高喊：「你們來得正是時候，我們一起去兜風，順便幫我的新車熱熱身。」但是，這三位朋友全部扳著一張臉，眼神皆露出冷漠的寒光，一瞬間就熄滅了蛤蟆的滿腔熱情，他驚覺情況不妙。

老獾先聲奪人，「我們趕快把這小子拉進屋內。」兩位同伴立刻照辦，無論蛤蟆怎麼大聲抗議，奮力掙扎，他們依舊連拉帶拖地，把蛤蟆押到大宅裡。老獾打發走開車的司機，表示蛤蟆今天用不到這輛車，以後也不需要了。滿臉無奈的司機只好快速驅車離去，白跑了一趟。

老獾跟進了屋裡，並且命令蛤蟆：「我要你現在就脫下這身難看的服裝。」

「我才不幹，」蛤蟆顯得氣急敗壞，指責這三位不速之客，「你們究竟在搞什麼鬼，無故闖到我的莊園，然後頤指氣使，壞了我的雅興，這算哪門子的朋友！」

「少給我廢話連篇，你不脫，我叫他們幫你脫。」老獾面不改色說：「你們馬上替他脫衣服。」

他們聯手制伏了不斷吵鬧的蛤蟆，執行扒光他衣服的任務，失去那身裝扮的蛤蟆也同時喪失了原先的氣焰。蛤蟆逍遙的駕駛夢已經煙消雲散，他目前的處境，只能任憑他們宰割，連反抗的能力都消逝殆盡。他看著三位來勢洶洶的朋友，不停地傻笑，深怕他們等一下連他的蛤蟆皮都要扒掉。

「哼，你要知道囂張沒有落魄的久，遲早會有這麼一天。」老獾怒斥，「以前我們不斷苦口婆心地勸告，你全部充耳不聞，枉費我們一番忠言逆耳，你只顧著花光你老爸所留下的財產，屢次不要命的飆車、酒後駕車，毀損公物，妨礙警察值勤，如此嚴重敗壞我們這個地區的動物名聲。你把方便當成隨便，自由自在變成無法無天。」

老獾長嘆了一口氣後，繼續說：「我過去一直認為你的本性不錯，常在你老爸的面前誇讚你，但是他過世後，你的生活就猶如脫韁野馬，再也不受控了，因此我不得不代替我那死去的老友，嚴厲矯正你那些放縱行徑，現在你不要怪我，因為以後你會感謝我此時所做的一切，好了，你們立即把他拉進吸煙室，然後關上大門。」

「這樣有什麼用？」河鼠提高音調說：「我們已經對他講過多少次大道理了，但他依然我行我素，不然就是隨便敷衍，之後繼續重蹈覆轍。」

不過，他與鼴鼠仍然強行把蛤蟆推入吸煙室，出來後隨手關上大門。哥倆好規規矩矩地安坐在扶手椅上，靜候最終的結果。雖然大門緊閉，但是老獾的諄諄教誨，仍然不時透過門縫傳出來，他的音調忽高忽低，情緒時而激昂，時而平淡。老獾長篇大論的過程中穿插著蛤蟆的啜泣聲，顯然蛤蟆是個感情豐富的傢伙，懂得老獾的一番苦心，果然孺子可教也。

過了好一會，緊閉的大門才緩緩開啟，只見神情嚴肅的老獾拉著一臉落寞的蛤蟆，一同走出了吸煙室。蛤蟆像是瞬間老了好幾歲，臉頰的皮膚鬆鬆垮垮，佈滿細紋，雙腿發抖無力，一副快要垮掉的虛弱模樣。仔細一看，他的雙眼全是血絲，像是曾經痛哭懺悔。老獾的道德規勸好似奏效了。

老獾拉了一把木椅，請蛤蟆坐下，並且對著另外兩位晚輩說：「兩位朋友，我今天總算沒有白走一趟，蛤蟆總算體認到自己過去是如何的荒唐，浪費了寶貴的時間，也對其他朋友造成困擾，他已經由衷地對我立下承諾，今後不再玩車。」

「真是太好了！」鼴鼠說。

「聽起來真不錯，」河鼠說：「只要他願意信守承諾，一切都會好轉的。」當他見到蛤蟆的眼神閃爍，忽然又開始覺得此舉是否仍舊徒勞無功。

老獾露出得意的笑容，接著說：「既然如此，蛤蟆為了表示自己真的是誠心誠意要改過自新，現在就把你先前在吸煙室中的悔過，全部重新對著你這兩位好友覆述一遍，說出你後悔自己過去所有的不良行為，那全是一時糊塗所犯的錯。」

蛤蟆沉吟半晌後，接著看向三位友人，嘆了一口氣後，他開了口：「不對，我以前的所作所為全是非常了不起的，沒有什麼值得後悔，我也沒犯過任何錯。」

「你這傢伙，竟然說話不算話，」老獾臉色鐵青地大吼，「你才剛答應要悔改，怎麼可以立即又改口不認錯。」

「廢話，我在裡面受到你的脅迫，當然只好一切都聽你的，不然我還能有什麼辦法呢？不過，我也是有腦袋能夠思考，過去的事有什麼好後悔的，及時行樂恰恰是我的人生宗旨，光陰可是一去不復返，不懂得把握當下才是傻瓜。」

「所以說之前你全是在愚弄我。」老獾面露慍色。

「也不能這樣說，這只是我的權宜之計，總之，我依然要奉行享樂主義，今朝有酒今朝醉，誰也奈何不了我，包括你，我一向敬重的獾先生，就算你再次把我關回房間，我還是會講一樣的話。」

「早知道這次又是徒勞無功，言而無信的傢伙，已經出爾反爾不知多少次了。鬼才會信他。」河鼠絲毫不顧老獾的顏面，開始質疑起他最初的提議。

老獾頓時感到顏面無光，一張老臉全部給這隻不成才的兩棲動物丟光了，當下他決定來硬的，「既然好言規勸，你聽不下去，那就莫怪我親自動手了。」

老獾朝兩位夥伴使了眼色，他們立即靠向自己，繼續說：「我想起你過去總是邀請我們來到你的大宅院住個幾天，最近我老人家確實想要離開野森林一段日子，出外透透氣，擇日不如撞日，我打算從今天起就住在你家，直到你願意大澈大悟為止。」

蛤蟆一聽馬上愣住了，這豈不是反客為主，強行占領了我的房子，還要脅我必須改變自己嚮往的生活，真是越來越過分了！「你們全部給我滾出去！馬上滾。」蛤蟆大吼大叫。

「恐怕是天不從人願，你乖乖就範，免得我們動手。」河鼠目露凶光。

「你們想幹麼，別亂來呀！」蛤蟆眼見河鼠與鼴鼠步步逼近，不禁露出驚恐的表情。

兩位友人一同強行將蛤蟆架上樓，然後把他關進房間。鼴鼠站在門外說：「蛤仔，我覺得你需要好好冷靜一下，不該再繼續揮霍金錢，我們會幫你看管好房子，你就安心待在房裡休息。」

他們聽見從房門另一側傳來的怒罵聲，無奈只能雙手一攤，下樓與老獾繼續商量後續的對策。

老獾首先搖搖頭，接著長長地嘆了一口氣後，才開口說：「看來這次的麻煩大了，蛤蟆絲毫不願意妥協，我們恐怕要做好長期抗戰的準備，輪流值班守夜，直到他打消荒誕的念頭，重新振作起來為止。」

三位好友排定了輪值時間，白天分成三個時段看顧蛤蟆，夜晚則輪流在臥室陪蛤蟆就寢，他們盡忠職守，深信這位冥頑不靈的朋友，總會等到開竅的那一天。

蛤蟆被關在室內，無法外出，他只好想出自得其樂的方式，一口氣將擺放在臥室的椅子，排列成一輛汽車的形狀，他蹲坐在最前方的木椅，幻想那是個駕駛座，一切準備就緒。

蛤蟆把身子微微向前傾，雙眼盯住前方，接著從喉部發出模仿引擎發動的怪聲，一場想像中的駕駛之旅就在狹小的房間中啟程了，這一幕經常讓陪伴在他身邊的朋友瞠目結舌，心想這傢伙還真是病得不輕！

不僅如此，當他感覺車速宛如風馳電掣，接下來就會上演日復一日的同樣戲碼，他會奮力一躍而起，翻了個筋斗後，摔落在椅子上，然後整輛椅子車就此四散，像是發生了一場劇烈的車禍，他就是在這樣反覆的過程中，獲得了心靈上的慰藉。

隨著時間一久，蛤蟆失心瘋的發作次數逐漸遞減，看起來像是平靜下來。雖然好友們想方設法要轉移蛤蟆對於駕車的狂熱，但顯然是徒勞無功，他對生活上的一切都提不起勁，成日精神委靡，看起來十分憂鬱。

到了河鼠值班的早晨，與老獾換班時，發現老獾一副心神不寧的模樣，原來是他離家太久，急著想要回去野森林，同時擔心蛤蟆目前不穩定的狀態。

老獾拉著河鼠來到門外，他降低音量說：「我恐怕得出門透透氣，不然快要悶壞了，但用不著擔心我，倒是蛤蟆表現得有些異常，目前看起來十分溫順聽話，我擔心他又想耍什麼陰謀詭計，河鼠，你必須提高警覺，千萬別被他欺騙了。」

「老獾，你放心離開吧，因為我太了解這傢伙能玩的花樣，所以絕對沒問題。」

老獾匆匆離去後，河鼠才進入臥室，放慢腳步走到蛤蟆的床鋪旁，輕聲問：「老友，昨晚睡得還好嗎？」

沉默了好一會，蛤蟆才有氣無力地回答：「我最好的朋友，非常感謝你一早的問候，你和鼴鼠都還好嗎？」

「目前為止都還不錯。」河鼠說：「不過老獾想家了，鼴鼠陪他回去一趟，可能要午餐過後才會一起回來。今天早上就是我陪你，快點振作起來，別賴床，浪費了寶貴的晨光。」

河鼠話才說完，蛤蟆原本頹靡不振的神態，開始有了些微的轉變，他那凸出的雙眼閃出一道不懷好意的光芒，但是河鼠並未注意到。

「河鼠，你真是我的好友，」蛤蟆的雙眼一邊凝視天花板，口中一邊嘟噥：「只是今天我醒來之後，感覺自己變得很不舒服，四肢乏力，腰酸背痛，根本無法下床。我有預感我可能終生都得臥病在床，這下子恐怕會拖累你們，只希望這樣的日子不會太久，也許我們未來能見面的日子屈指可數了。」

河鼠似乎並未聽出弦外之音，他說：「你真的帶給大家很多麻煩，搞得大家雞犬不寧，我實在不想錯過今夏的遊河季，你就別再一直添亂子了。」

「可惡，這隻笨鼠竟然沒聽出我的哀兵之計。」蛤蟆愈想愈生氣，直接使出殺手鐧——苦肉計。「是的，我真該死，根本是個天生的麻煩精，不斷讓你們操心，我真的是損友，不折不扣的累贅。」

河鼠聽見蛤蟆的自我懺悔時，絲毫不感到同情，同時還火上加油，「你真的很討厭，都幾歲了，還整天胡鬧，趕快改過自新就對了。」

「我知道自己過去給你們增添太多的麻煩了，如今我僅有一個小小的心願，拜託了，看在我已經病入膏肓的份上，請幫我達成一個微不足道的請求，這也算是身為朋友的道義吧？」

「你又在胡言亂語什麼，你不就好好地躺在床上，不要再胡思亂想了。」

「我現在非常需要一位醫生，不然我虛弱的身子恐怕很難撐得下去。」

「你明明好好的，哪裡需要看醫生！」

「這你有所不知，我這叫做心病，必須找一位醫師來和我談談，最好是一位專業的心理師。」

河鼠望著一副無精打采、虛弱無助的蛤蟆，這傢伙看起來確實不大對勁。他吐了一句：「你還好嗎？」

蛤蟆知道河鼠上鈎了，接著說：「我不清楚自己還有沒有機會好起來，你去找醫師的同時，順道去告訴我的律師，之後可能要麻煩他幫我處理遺產的事，唉，我感覺自己時日不多了。」蛤蟆闔上雙眼，貌似陷入昏迷。

「這下可不妙了！」河鼠嘟噥：「這傢伙好像喪失生存的意志，我得趕快去找醫師過來。」

河鼠急忙奪門而出，他心焦地想找其他兩位友伴商量，又覺得緩不濟急，應該先去找醫生要緊，他處在三心二意的念頭之下，頓時成了隻無頭蒼蠅，慌了手腳，亂了頭緒。

蛤蟆發覺河鼠已經離開臥室一段時間，他立即跳下床，躡手躡腳地來到窗前，探出窗外。這時，河鼠手足無措地在車道上東奔西跑，直到身影消失。蛤蟆眼見自己的詭計順利得逞，忍不住捧腹大笑，並且在地上翻了好幾個跟斗，和先前一副氣若游絲的病容相比，簡直是判若兩人，整個脫胎換骨了。

蛤蟆迅速換上最拉風的大衣，在梳妝台前精心打扮一番，恢復平日神氣活現的模樣，他拉開抽屜取出一疊鈔票，一把塞進口袋。接下來，他把所有的床單綑在一塊，結成一條繩索，一端固定在窗框，然後另一端由窗口垂降到地面。蛤蟆使出飛簷走壁的看家本領，雙臂攀住繩子，快速安然地滑落到地面，所有動作一氣呵成。

蛤蟆刻意選擇與河鼠相反的方向，一面哼著輕快的曲調，一面邁開輕盈的步伐，存心與他的朋友背道而馳。當河鼠在外面繞了一大圈，仍然拿不定主意，無功而返後，這才發現自己受騙上當了！

河鼠只好等著兩位友伴回來吃午餐，老獾與鼹鼠回來後，發現蛤蟆已經逃脫了，老獾忍不住斥責河鼠怠忽職守。

「你實在太不應該了，我也不過回去一下子，你就看不住他。大家連日的苦心瞬間就前功盡棄了。」老獾說。

「河仔，你這回也太過粗心大意了，那麼容易就被他唬弄過去，真是糟透了。」鼴鼠也在旁幫腔。

河鼠被訓到啞口無言，對於這一頓午餐也是食不知味，他忍不住在心裡為自己叫屈：「真是一隻狡猾的蛤蟆！」

「既然事情已經發生，」老獾說：「現在再多說什麼都是無濟於事了，此時此刻的蛤蟆肯定像一匹脫韁野馬，在外面絕對是放浪形骸，接下來不知道還會惹出多少麻煩。話雖如此，我們也暫時獲得了自由，不用繼續浪費時間看管他，之後就等他倦鳥歸巢，我們再做打算。」

蛤蟆最初專走林徑小路，以便逃避追蹤，行走好幾里路，察覺應該不會被追上後，立即恢復了原先的野性，在公路上蹦蹦跳跳，不亦樂乎，終於可以自由自在，我行我素了。

「與其力敵還不如智取！」蛤蟆自鳴得意起來，「頭腦簡單的傻耗子怎麼贏得過我聰明的腦袋，等老獾回來後，他就準備挨一頓臭罵了。他雖然可憐，卻也是活該，竟然與老獾一同軟禁我，真是太可惡了！」

蛤蟆抬頭挺胸，自得意滿，他散步到了一座小鎮，街上有一家招牌寫著「紅獅」的旅店。他為了逃離莊園，連早餐都沒吃，現下已經是飢腸轆轆，打算飽餐一頓後，再繼續行走。他走進店內，點了一客招牌午餐，在咖啡廳找好座位，等餐點一上桌，就不顧吃相的狼吞虎嚥起來。

享用餐點的同時，他聽見了遠遠傳來一陣呼嘯而來的聲音，逐漸接近，並且感到十分耳熟。這聲音震撼了他的心神，於是不由得直打哆嗦，渾身起了雞皮疙瘩，聲音在進到旅店的院子後就逐漸停息。接著，有一夥人從門外走了進來，他們一路有說有笑，然後在蛤蟆隔壁的餐桌就坐，繼續大聊整個早上的兜風趣事。蛤蟆跳下座位，緊緊抓住桌腳，才能壓抑自己那顆蠢蠢欲動的心。

蛤蟆對於那夥人的談話，越聽越是著迷，難以壓抑內心的衝動。他立即離開咖啡廳，到櫃台結帳後，進入了庭院。眼前正是那輛讓自己的篷車翻覆在路邊的汽車，他不斷打量著車子，四下無人，他頓時起了一個歪念頭：如果，我能親自駕駛這輛車，不知道該有多好？

才一眨眼，蛤蟆已輕易打開駕駛座的車門，一屁股坐上位置，然後握住搖桿，發動了汽車。聽到熟悉的聲音，他感到十分興奮，先在庭院兜圈子，接著迅速駛離旅店。蛤蟆恍然如夢地開車上路，所有煩惱全部拋諸腦後，他加快了車速，在大街小巷馳騁，駛上公路，穿越曠野。

蛤蟆一路引吭高歌，不斷加速，刻意超越所有比他慢的交通工具，而且大家不得不乖乖讓路。車聲與歌聲混合成最為得意的協奏曲，千里迢迢，彈指一瞬，世界彷彿沒有盡頭。

蛤蟆深信只要開到天涯海角，其奈我何。當這個念頭一閃即逝，警察就出現在不遠的前方，蛤蟆沉醉在奔馳的快感，妄想追過世上的一切……。

Chapter 6

牢獄之災

老獄卒拿起一把沉重且生鏽的牢房鑰匙，

轉開了厚重的鐵牢門，

也同時開啟了蛤蟆一生中最為低潮的黑暗時刻。

「被告是一位遭到當場逮捕的危險駕駛，」法官宣告：「他同時也是一位毫無羞恥心的可惡竊車賊，在路上橫衝直撞，枉顧他人安危，甚至不理會警察盤查，簡直是罪大惡極。而且這位無惡不作的流氓在法庭上，仍是一副不知悔改的囂張態度，我們絕對要從重量刑，才能嚴懲如此的社會敗類。判他監禁二十年，不得上訴。」

「饒了我吧，我下次不敢了！」蛤蟆不停磕頭求饒，法警們毫無憐憫地強行將他戴上手銬腳鐐，粗暴地拖出法庭。痛苦的哀嚎聲充斥在法庭裡，好似久久都未曾散去。

蛤蟆全身無力地被拖過了人來人往的市場，任由圍觀民眾公審，當面迎來一連串不堪入耳的咒罵與嘲諷，還有不知從何處飛來的破爛菜葉，不偏不倚扔在他的臉上。看似天真的小朋友們睜大雙眼，緊盯著從他們的眼前經過、模樣十分狼狽的蛤蟆，然後露出一副幸災樂禍的表情，家長在一旁要他們牢記，這就是做壞事的下場。

蛤蟆被法警押著走過不停晃動的吊橋，穿越了嵌入鐵釘的閘門，進入一座塔樓聳天、陰森恐怖的哥德式古堡，落寞的矮胖身影逐漸消失在不見天日的甬道。古堡裡的警衛戒備森嚴，冷眼旁觀被押解進來的新囚犯，不時發出嘲弄對方的口哨聲，從冰冷透骨的石階拾級而上，沿途都有鐵甲武士站崗，從頭盔裡露出的一對眸子，彷彿射出一道接著一道，足以令人打顫的寒光。

蛤蟆來到了古堡的庭院，迎面而來的是一陣令他聞之喪膽的狗吠，好幾隻惡犬急著掙脫身上的束縛，想要上前將他大卸八塊。年老的獄卒醉眼惺忪地望向天空，身旁放著吃到一半的餡餅與尚未喝完的一罐啤酒，對眼前的犯人視若無睹。他路過了兩間惡名昭彰的刑房，以及通往絞刑房的通道，一路步履蹣跚，來到了監獄最深處的一間重刑犯牢房。

法警喚醒了一位坐在門前昏昏欲睡的老獄卒，並且命令他要嚴加看管這位作奸犯科、無可饒恕的罪犯，若有任何閃失，唯他是問。

老獄卒微微叩首，緩慢地伸出了他那隻瘦骨嶙峋、青筋凸起的手臂，輕拍蛤蟆的肩膀，隨後拿起一把沉重且生鏽的牢房鑰匙，轉開了厚重的鐵牢門，也同時開啟了蛤蟆一生中最為低潮的黑暗時刻。

蛤蟆被囚禁在一座中世紀古堡的深處，一間與世隔絕的牢房，不久前，他還痛快地在外面飆車，沒想到現在就身陷囹圄，後悔莫及。他感到自己前途無望，今生恐怕都要待在這間陰濕的監牢贖罪，並且逐漸衰敗腐朽。

以前那位聲名遠播，富裕豪爽的莊園主人，即將被世人給遺忘。蛤蟆開始後悔自己的所作所為，他偷開了別人的汽車，不遵守交通規則，還辱罵攔查的警員。

上述的惡行惡狀，讓蛤蟆深感慚愧，一旦想起辜負了那三位對自己寄予厚望的好友，更覺得罪無可赦，在牢裡受苦也是罪有應得。一連有好幾個禮拜，蛤蟆都食不下咽，心情壞透了。然而，老獄卒認為監牢裡的伙食太差，一向養尊處優的蛤蟆肯定食不知味，因此鼓動他拿出身上的錢，就能夠換得外面一頓上好的佳餚。

蛤蟆認為這個老頭不安好心，分明就是在動他的歪腦筋，索性來個相應不理。

老獄卒有一位心地善良、喜歡動物的獨生女，她時常來監獄幫忙老父親幹些粗活。

她得知父親正為了不願意進食的蛤蟆傷透腦筋，於是自告奮勇，願意親自擔負起照顧蛤蟆的重責大任。老獄卒已經受夠了蠻橫無理的蛤蟆，只好交給女兒去處理。

「蛤蟆先生，我特地為你準備了熱騰騰的餐點，你別鬧彆扭，趕快吃，別餓壞肚子。」她送來一盤香氣四溢的捲心菜。

那股濃郁的香氣撲鼻而來，打開了蛤蟆的味蕾，他猛然嗅了幾下，不過，倔強的他仍不願乖乖聽話，繼續躺在冰冷的地板上生悶氣。

這下善解人意的女孩明白了，原來是好面子的蛤蟆拉不下臉，於是悄悄地離開，僅留下那盤食物。獨處的蛤蟆想起了過去在莊園裡的鋪張宴席，一幕幕杯觥交錯的歡樂情景，又對照自己如今落得這般田地，不禁悲從中來，潸然淚下。

然而，念頭一轉，那三位好友肯定非常焦急，在外面四處替他奔波，聘用擅長打官司的律師，準備解救他出獄。尤其自己一向足智多謀，區區的監獄怎麼可能困得住聰明絕頂的蛤蟆？想到這，他的煩惱頓時一掃而空。

不一會兒，女孩又捧著一只托盤，上頭擺著一杯熱茶，以及好幾個塗抹奶油的厚片麵包。蛤蟆被女孩真心誠意的態度所打動，馬上食指大動，不再耍脾氣，開始享用起對方特地為他準備的餐點。

蛤蟆逐漸卸下了心防，開始對著女孩大肆吹噓自己過往的豐功偉業，尤其提起蛤蟆莊園時，更是口沫橫飛。

「這是一座在十四世紀建成的大宅院，唯有如我這般稱頭的紳士才有資格居住，而且也加裝了現代化的設備，距離教堂、郵局、高爾夫球場僅有五分鐘的路程。」他一邊說，一邊咀嚼著美味的烤麵包，「我那裡還有停泊船艇的碼頭、魚池、有圍牆的菜園、豬圈、馬廄、鴿舍，洗衣間、瓷器櫃，還有一間十分寬敞的宴會廳，專門用來款待各地遠道而來的貴賓、動物好友。他們各個都喜愛在宴席上聽我高談闊論。」

蛤蟆愈講愈欲罷不能，他感覺女孩是個忠實的聽眾，因此更是毫無保留地暢所欲言，當他講起與動物們總是愉快地過日子，更令女孩感到欣羨不已。自豪的蛤蟆忍不住哼起了他之前常在餐宴時所唱的曲子，今日成為了他打從入獄以來，最為美好的一天。

從這天起，他們時常一同聊天，以便消磨打發時間，就這樣日復一日，女孩愈加了解蛤蟆的處境，或者說聽信了他的天花亂墜，並開始為他打抱不平，認為擁有如此尊貴地位的一位紳士，絕不該淪為階下囚。

蛤蟆的虛榮心被女孩的同情心養大了，一度認為女孩顯然是愛上了風度翩翩的自己。即使女孩一往情深，但是，兩者的社會階級過於懸殊，無奈只能視她為新一位的仰慕者。

有天清早，他們照樣聊天，不過，女孩明顯若有所思，對於蛤蟆的妙語如珠，總是有一搭沒一搭地回答，讓自認能言善道的蛤蟆頓感失落。終於，女孩說話了：「蛤蟆先生，你仔細聽好，我接下來要說的話，事關重大，我有一位幫人洗衣服的姑媽……」

「哦，我也有幾位姑媽，她們沒事應該也要幫人洗衣服才對。」

「夠了，你可不可以安靜一點，好好聽人說話。」女孩說：「這些日子以來，我覺得你最大的缺點就是太過長舌，老是打斷我的話，擾亂我的思路。現在給我聽好，我那位專門幫人洗衣服的姑媽，她也幫監獄裡的所有囚犯洗衣服，今天是星期四，明天她會把洗好的衣物送來。因為我知道你身上有錢，所以替你想到一個辦法，那就是你們可以做一筆交易，讓她將你打扮成洗衣婦，然後混出監獄。而且你們的身材相仿，我覺得這個裝扮對你再適合不過了。」

「你別亂講，」蛤蟆大呼小叫起來，「我的身材鍛鍊得如此健美，你怎麼可以拿年輕力壯的我和一位臃腫發福的老婦人相比，你真的太過分了，真虧你想得出來這種餿主意。」

「哼，你不要就拉倒，」女孩反唇相譏，「但是我的姑媽可不能讓你這般羞辱，你自己不去照照鏡子，你也不過就是一隻自大吹牛不打草稿的癩蛤蟆，只配住在這座陰暗惡臭的監獄度過餘生。」

蛤蟆發覺自己在女孩的心中原來如此一文不值，不禁感到難受，而且她顯然惱怒了，他趕緊放低姿態認錯，「很抱歉，我不該貶損你的好意，你想出的這個點子真是絕妙無比，在下萬分佩服，煩請你的姑媽施予援手，救救我這隻可憐的癩蛤蟆。」

女孩見到蛤蟆低聲下氣地懇求，還是不由得心軟，決定隔日傍晚帶姑媽來見蛤蟆。於是，雙方立即達成協議，蛤蟆交出手中的金幣，換來一件印花布連身裙，一條圍裙與一條頭巾，以及一頂深色女帽。老婦人提出一個要求，就是要將她偽裝成一位遭到犯人脅持綑綁，堵住嘴巴，扔在牆角，瑟瑟發抖的可憐人，免得被查到是她縱放犯人而遭致連累。

女孩開始幫蛤蟆換裝，由於身材非常相仿，乍看之下，簡直就是一位如假包換的洗衣婦。女孩見他變裝完畢，忍不住掩嘴大笑。蛤蟆顯得十分尷尬，不停揮手制止女孩繼續譏笑他。

「好啦，在離開這裡之前，你要切記自己是一位洗衣婦。你只要沿進來的路走出去就行了，祝你一路順風，好運常在，再見了，蛤蟆先生。」

霎時，蛤蟆顯得離情依依，卻不能辜負女孩的用心良苦，點點頭就轉身離去。他提心吊膽，步伐謹慎地走出牢房。這一場看來十分大膽魯莽的逃獄計畫，卻遠比預期還要來得順利。

可是他只要想起能夠如此順利脫身，竟然是要靠著喬裝成一位醜陋的洗衣婦，忍不住就自尊心作祟起來。雖然如此，矮胖的洗衣婦身影可好比是一張暢行無所的監獄通行證，那一件眼熟的印花裙擺，相似的臃腫身材，順利瞞過沿途的守衛，就算他一時迷途，也會有人樂意指路。因為同情婦人年事已高，難免有些老糊塗，情有可原。

不過，有些無聊的衛兵會主動上前搭訕，聊起彼此應該熟識的話題，這下蛤蟆就得見招拆招，含糊帶過，以免遭人識破身分。

這一條離開監獄的路似乎是無邊無際，不知過了多久，他才好不容易穿越最後一座院子，而且幾隻惡犬並未嗅出不同的氣味，可見這套衣服充滿洗衣婦的體味。蛤蟆婉謝了最後一間警衛室的熱情邀約，以及一位守衛主動獻上的擁抱，因而讓那人顯得不知所措。最終，當他踏出最後一步，聽見身後的監獄鐵門被關上的聲音，一道微風輕拂在他寬大的臉頰，他忍不住深深地吸了一口氣，又用力地吐出來。這正是自由的空氣，與監獄裡的汙濁晦氣截然不同，「我從今以後就自由了！」蛤蟆心想。

蛤蟆總算逃獄成功，從計畫一開始他就忐忑不安，如今更覺得恍如隔世，眼前的一切看來都虛幻無比，讓他的腦袋發脹。蛤蟆不敢得意忘形，他必須趕緊離開此地，因為老婦人的裝扮，可能會被認得她的熟人識破，所以他火速前往下一個城鎮。

蛤蟆邊走邊想，越想越氣，自己怎麼會和一位醜陋的洗衣婦相像，那些警衛真是瞎了眼，難怪會一生都守在那樣的鬼地方。他瞥見小鎮上的一座號誌燈，火車頭所傳出的蒸氣聲與列車運轉的聲響，同時傳入他的耳中。

「太好了，我這下子真的走運了，遇上火車站，只要搭乘火車離開此鎮，我就用不著繼續假扮丟人現眼的洗衣婦，可以恢復往日的英姿了。」

蛤蟆來到了火車站，瞟了一眼火車時刻表，恰好在半小時後就發車通往他住的地區，他立即去售票口排隊購買火車票。他向售票員報了最靠近蛤蟆莊園的車站，並且順手掏錢。然而，無論怎麼摸就是一個子兒都沒撈到，他幾乎要掏空身上所有的口袋，排在後方的乘客已經開始不耐煩起來，要不是這一身老婦人的打扮，大家還願意體諒老人家的手腳比較不靈光，他早就被人趕出隊伍了。

沒錢！怎麼可能都沒錢？他猛然想起，在與老婦人一手交錢一手交貨的同時，他把錢包、鑰匙、手錶、火柴盒等物品全部丟在牢房，而這些正是讓人可以過得更有價值的東西，現在真便宜了獄卒和他的女兒。

蛤蟆不得已只好懇求售票員能讓他賒帳買票，但對方看也不看地請他離開隊伍，切勿妨礙他人購票。蛤蟆垂頭喪氣地離開售票亭，他

捶胸頓足，埋怨自己竟然如此糊塗到忘記帶走身上的財物。

他滿腹委屈沿著車站月台行走，邊走邊埋怨售票員不近人情，連一點小事都不願幫忙，一張車票也才多少錢，卻難倒了一位英雄好漢。也許自己逃獄的消息很快就會傳到鎮上，他一刻也不該在此地逗留，假使被抓了回去，豈不讓那位女孩更加看不起自己，而且鐵定會受到更加嚴格的看管，搞不好還會被抓到刑房，動用重刑，折磨個死去活來。

蛤蟆立時冷汗直流，心想打死他都不能被抓回監獄，也不斷為自己打氣，因為平時足智多謀的他，一定會想到解決困境的辦法。蛤蟆遠遠見到了一位火車司機正在用心擦拭火車頭，他故意擺出一副可憐相，不停兜圈子。

「您有什麼事嗎？」司機說。

「說來真是不好意思，我遺失了錢包，沒錢買車票回家，家裡的小孩今晚肯定會挨餓，真的好可憐。」

「人難免有不走運的時候，」司機說：「看您的打扮像是一位洗衣婦，不然就麻煩您幫我洗衣服，我讓您坐在駕駛室，反正沒有其他人知道。我們駕駛火車，每天都會弄黑身上的襯衫，太太費力清洗也很難洗乾淨，我想交給您一定沒問題。」

「那當然，我對於洗衣服可是經驗老道，全包在我身上。」蛤蟆欣喜若狂地跳進駕駛室。其實蛤蟆打從出生以來，一向過著養尊處優的少爺生活，只要一打開衣櫥，裡面就有成千上百件的新衣，任他隨時更換，哪需要洗衣服。蛤蟆心中盤算的是，反正回到蛤蟆莊園後，我再寄一筆錢給他，保證他可以請人幫忙洗好幾年的衣服。

火車站長揮動一面小旗子，司機拉響汽笛，火車緩緩駛出月台。

隨著火車的速度加快，車窗外的景物，包含田野、樹林、籬笆、牛、羊、馬等等，從蛤蟆的視線中飛馳而過，也等同是離自己的莊園、他親愛的動物好友們越加接近。想起家中那些取之不盡，用之不絕的錢幣、舒服柔軟的床鋪，以及一道接著一道的美食上桌，朋友們在餐桌上聽他大談自己的歷險故事，他又再度成為大家的焦點，之前所受的窩囊氣全部一掃而空。

蛤蟆忘我地恢復本性，在駕駛室裡又蹦又跳，大聲歡呼，並且哼唱起不成調的自創曲子，這讓司機感到詫異，自己遇過的怪異旅客也不算少，但從未見過這樣奇怪的洗衣婦。

火車已經行駛了大半的路程，蛤蟆滿腦子都在想著抵達家門後，該怎麼好好犒賞自己的五臟廟。他瞥見司機不時把頭探出窗外，蹙眉的表情像是遇到了什麼難題，接著爬上煤炭堆，在車頂朝後方望去。

司機回到駕駛座後，滿臉困惑對著蛤蟆說：「我確定今晚這列火車就是末班車了，為何後面好像還有列車在行駛。」

蛤蟆聽到司機的一番話後，表情迅速變得驚恐起來，不再輕浮地蹦蹦跳跳，同時有一股寒意從他的背脊急速竄升上來。他腦中馬上浮現了諸多負面的想法，即使極力想要打消這些壞念頭，卻是揮之不去，徒勞無功。

一輪明月已經高掛夜空，在月光的照映之下，司機確認了後面真的出現列車，看起來像是在追趕他們。根據他的描述，車上載滿了穿著制服的男人，手上還揮舞著棍棒，甚至是手槍，而且模樣像極了執法人員。

這夥人吶喊的聲音混著風聲，傳到了駕駛室，蛤蟆與司機豎起耳朵仔細聆聽，模糊不清的聲音中，像是在高喊著趕快停車。依照對方的時速，相信不久後就會追上他們這列火車。

蛤蟆立刻嚇得跳到煤炭堆上，全身發抖，他雙膝跪地，不斷向司機哀求：「司機先生，您一定要高抬貴手，救救我！我不能被他們抓到，不然必死無疑。」

司機不解地看著蛤蟆，他只好立刻坦白自己的犯行：「其實我並不是個單純的洗衣婦，我本來是個赫赫有名的莊園主人，之前遭人陷害被關進監牢，憑著機智才逃獄出來。」

司機面無表情地盯著蛤蟆，沉默片刻後，才開口問：「你實話實說，為什麼會犯法坐牢？」

「唉，也不過就是，」蛤蟆漲紅了臉說：「我在某天吃午餐的時候，一時興起，借用了別人的汽車，四處兜風，僅是這樣而已，法官就判我重罪。」

「嗯，我看得出來，你是隻本性不良，虛榮、偷竊、逃獄、詐欺，無惡不作，謊話連篇的蛤蟆惡棍，」司機說：「照理說，我應該要將你交給當局法辦。但是，我不是一個會落井下石的人，而且我也不喜歡在駕駛末班車時，還有其他人窮追不捨，並且要求我停車。因為這已經違反我身為列車司機的原則，所以，我有責任幫助你絕對不會在這列車上被他們逮捕。」

蛤蟆立刻磕頭感謝，司機吆喝蛤蟆一起同心協力往鍋爐裡添加煤炭，熊熊火舌竄起，燒紅的鍋爐不斷發出怒吼。車身間歇搖晃，猶如火車快要起飛，飛越群山，橫越溪流，日行千里。

不過，現實依舊殘酷，後方的來車逐漸逼近，喊叫聲不絕於耳，「我命令你趕快停車，接受盤查！」

司機舉起手臂，擦拭了額頭上不斷冒出的汗珠，鍋爐傳出的熱氣讓他揮汗如雨，同時感到筋疲力竭。「不管我們怎麼加速，對方最終還是會追上來。你現在仔細聽好，這攸關你的性命安全，等一下我們會經過一條昏暗的隧道，穿過隧道後，兩旁是一片廣袤的森林。我會讓火車加足馬力穿越隧道，只要一通過隧道，我會立即緊急煞車，你趁車速慢下來，他們還在隧道裡時，趕緊跳車，躲到林子中，我僅能幫到這裡，之後你就得自求多福了。」

他們繼續賣力添加煤炭到鍋爐中，火車已經提升到前所未有的驚人速度，迅速駛進了長長的隧道，在一剎那，又從隧道另一頭噴射出來。皎潔的月光與清涼的氣息同時extended籠罩著失速列車，司機看準時機，立即緊急煞車，當車速逐漸慢下來，他下令：「馬上跳車！」

蛤蟆一鼓作氣，從駕駛室一躍而出，霎時空氣凝結，時間好似暫停，司機彷彿見到蛤蟆黑漆漆的身影在空中停格，像極了一張靜照，然後瞬間消失在樹林中。

蛤蟆在草叢裡快速翻滾了幾圈，停止動作之後，毫髮無傷，接著從林子中探出頭，剛才搭乘的火車仍火速前進。後方的那列車仍像一頭氣喘吁吁的老牛，死命追著，車上的那群蠢蛋重複喊著：「停車、停車！」但人家可是相應不理，持續加速，這位司機還真夠意思。

蛤蟆覺得這一幕看起來十分有趣，忍不住捧腹大笑，在草地上又滾又跳，不亦樂乎。然而，一時的興奮極快消逝，他孤身跳進這一座不知名的森林，四周伸手不見五指。

蛤蟆感到飢腸轆轆，全身乏力，又不敢離開林子，以免被警察逮到，他想要避開鐵路，一路走進林子的深處。火車的聲音已經遠離，周圍恢復了原先的死寂，蛤蟆感覺這一座陌生的森林，像極了之前關住自己的監獄，陰冷黑暗，牢牢地限制了他的自由。

蛤蟆聽見了不明的聲音，從四面八方傳來，心想會不會是正在搜查他的追兵。突然，一隻貓頭鷹撲面而來，迅速掠過他的肩膀，感覺好像被一隻手扣住了，嚇得他原地跳起，接著在黑暗中，那隻貓頭鷹發出了一連串不懷好意的笑聲。

就在蛤蟆驚魂未定之際，一隻狐狸故意走上前，不停斜著眼打量著他，然後脫口而出：「洗衣婆，你上次幫我洗衣服，弄丟了一隻襪子，還有一只枕頭套，這回我大人有大量，不和你計較，下次再犯，就有你好受。」

語畢，狐狸帶著狡黠的笑容，邊走邊回頭地蔑視蛤蟆，氣得他當下真想撿起一顆石頭，扔向這隻該死的狐狸，只是地面太暗，一時找不著，只能獨自生悶氣。

蛤蟆實在疲憊極了，無法繼續行走，於是躲進一處看起來較為隱密的樹洞，收集好枯葉，鋪成一張柔軟的床鋪，隨後沉沉地睡去。

Chapter 7

夢想南遷

河鼠睜大了雙眼，豎起了雙耳，

專心聆聽旅鼠侃侃而談，

他已經好久沒有被如此新奇有趣的話題所吸引，

彷彿在聽一則不可思議的奇妙故事，欲罷不能。

雖然夏季的溫暖空氣仍然充斥大地，但是在果園與籬笆上經常舉行大合唱的鳥兒日漸稀少，這幾個月來，已經有許多鳥兒都紛紛離去。河鼠注意到這個不尋常的現象，同時發現他們似乎都飛向南方。

動物對於四季更迭十分敏感，季節的變化往往代表著他們即將告別與遷徙。河鼠始終固守家園，不願意受到這一波遷徙潮所影響，只是冷眼旁觀。雖然表面如此，他的內心卻如同被扔了一顆小石子的河面，泛起了小小的漣漪，並且持續擴大。

河鼠從河岸一路散步到麥田，小麥在陣陣涼風的吹拂之下，像極了金色的波浪。麥稈下的田鼠們正忙著收拾家當，準備運走好多綑收成的作物。

大家都在各忙各的，河鼠的邀約他們沒空搭理，這讓他感到非常失落，明明還是夏季，大家為何著急要打包離去？

河鼠決定返回河岸，這一條大河不斷流淌，卻始終不曾離去，永遠忠心耿耿地守候在此，因此河鼠願意終生陪伴著河流。

河岸的柳樹上停駐了三隻燕子，正在嘰嘰喳喳，討論著何時要飛向南方，「來自南方的召喚，氣候溫暖的南方，陽光普照，多麼讓大家嚮往，美麗的南方。」

河鼠站在樹下，聆聽燕兒訴說著各自美好的南方經驗，不由得心生嚮往，「如果有機會親自去南方，體驗一下和煦的日照，呼吸那裡清新的空氣，不知有多好呀！」

燕子繼續談論了蔚藍的海岸，金黃的沙灘，壯闊無際的南方美景，如此多不勝數，美不勝收；河鼠俯首看向自己身處的河岸，這一條再熟悉不過的河流，相形之下，如此的微不足道，不禁感到自慚形穢。

河鼠的心思如柳絮紛飛，情緒起伏不定，他徒步走上河岸北邊的那座斜坡，眺望南方遠處的丘陵，丘陵的另一面是一個廣大遼闊卻令自己十分陌生的世界，被這裡的動物統稱為南方。白浪滔滔的大海、星羅棋布的島嶼、停滿船隻的港灣、種植橄欖樹的白色別墅，他腦中拼湊著這些名詞，試圖想像出一幅美麗的南方風情畫。

河鼠若有所思地走向山坡，左邊是一條雜草蔓生的泥濘小道，這條小路對他來說，十分陌生，莫非就是直通南方的要道？突然，他聽見一陣急促的腳步聲，定睛一瞧，一道踽踽而行的身影，遠遠地朝著自己走來。

那是一隻衣衫襤褸的旅鼠，正在風塵僕僕趕路，當雙方的眼神交會在一起，他停下了匆忙的腳步，站直了身子之後，立即向河鼠鞠躬。接下來，旅鼠走到樹蔭底下，休憩片刻，捏了捏已經痠麻的雙腿。

這一隻旅鼠的身型瘦削，稍微佝僂，眼睛尾端的魚尾紋看來十分明顯，雖然他滿面風霜，卻又不失幹練的氣質，雙耳懸掛著一對醒目的金耳環。旅鼠歇息一會兒，接著環顧四周，伸長鼻子嗅了一下周遭的空氣，隨後吐出了長長的一口氣。

「朋友，看你的體格，肯定是一位熟練的水手。」旅鼠說。

「是的，我生活在河岸，並且經常划船。」

「那肯定是非常美好，我已經有大半年都過著美好的生活，不過，我抵擋不了遠方的呼喚，必須朝南方走去，哪怕是餐風露宿，依然要向前行。」

「你看起來不像是這裡的動物？」河鼠說。

「沒錯，我是從君士坦丁堡啟航，那是一座美麗古老而又光榮的城市！」旅鼠說：「我的祖先來自挪威，後來留在君士坦丁堡皇帝的大船上，從此以後我們世世代代，全是四海為家，每一個港口都是我的落腳處。」

「聽起來很有趣，跟我說說航海的生活，我想知道那和在河上划船有何差別。」

「最近一次的航行是，我從君士坦丁堡的港口出發，前往希臘，以及地中海的東部國家。這趟航程給我留下不少深刻的回憶，在亞得里亞海航行時，見到琥珀色與玫瑰紅的海岸，和寶藍色的海水互相輝映，每到夜晚，我們會在滿天星斗的照耀下，一同飲酒作樂，開懷高歌。」

河鼠睜大了雙眼，豎起了雙耳，專心聆聽旅鼠侃侃而談，他已經好久沒有被如此新奇有趣的話題所吸引，彷彿在聽一則不可思議的奇妙故事，欲罷不能。

「我們的船從一道金色水路進入威尼斯，多麼美麗的水都，在大運河邊，我們舉辦了一場盛宴，幾乎是通宵達旦呢！當我們繼續沿義大利南方的海岸航行，終於抵達了西西里島的巴勒摩港，那裡真是令我難以忘懷，柑橘與檸檬果樹，讓蔚藍海岸同時有了綠意的點綴。」

旅鼠說：「然後我又跳上了駛往科西嘉島的一艘商船，僅僅凝視地中海的蔚藍海水，似乎就能洗滌成日的煩憂與辛勞。我到達馬賽後，品嘗了美味的牡蠣，每當午夜夢迴，都不禁回憶起馬賽的牡蠣，那種美妙的滋味，筆墨都無法形容，現在只是回想，我都飢腸轆轆了。」

「哎呀，現在都已經中午了，你就來我家吃午餐吧！」

「真是感謝你的好意，不過，我平常都習慣就地解決一餐，不如我們就在這裡吃吧！」

「真是個好提議，那你稍候一下，等我拿午餐過來。」河鼠匆忙地跑回家，深怕耽擱了旅鼠的行程，而且他還想繼續聽南方的故事。

河鼠提著野餐籃子飛快地回到原地，籃子裡裝著法國長棍麵包、一條裹上大蒜末的香腸、少許起司，以及一瓶在南方釀造，尚未開封

的美酒，這是蛤蟆去南方旅行時，特地帶回來送給他的，這也勾起了旅鼠的美好回憶。

旅鼠一邊大快朵頤，一邊繼續提到，前一陣子他去了好幾個西班牙的海港，然後到達葡萄牙的里斯本，航程則是在法國畫下終點。後來旅鼠度過英吉利海峽，在鄉間休息了大半年的時間，現在又即將啟程了。

河鼠非常嚮往旅鼠的諸多冒險經歷，他以往非常自豪在河岸的划船生活，現在則顯得十分乏味，根本不值得一提。

酒足飯飽後的旅鼠緩緩起身，仍然口沫橫飛，像是一位講著一則永無止盡的故事的說書人。河鼠凝視著旅鼠的雙眼，從那一雙水汪汪的眸子中，似乎能見到蔚藍的海水。

「我又要繼續上路了，朝著南向，連續走好幾天，到達我熟悉的那一座坐落在峭壁上的灰黃色濱海小鎮……如果從房門向下望去，可以看到一排上頭覆蓋著長長粉紅色纈草的石階，走到底，便會見到藍色的海水。古老海堤的圍欄上有一些色彩鮮豔的小艇。大船日夜不停從窗戶前徐徐駛過，駛向停泊處或大海。所有航海國家的船隻，不斷進出港口，一旦搭船離岸，港邊的白色房屋彷彿慢慢地滑開，就此開始乘風破浪的海上歷險！」

旅鼠講完後，發了一下愣，才又繼續說：「其實我已經耽擱了行程，從我同伴集體遷徙的隊伍中脫隊，接下來我們必須日夜不停地奔向大海。」

河鼠即將告別這位行色匆匆的新夥伴，他感受到一股南遷的狂熱正在體內蠢蠢欲動，終會一發不可收拾。

接下來，旅鼠又補上最終的叮嚀：「小兄弟，你也要一塊來，要知道光陰一去不復返，更何況，南方正在等著你。給自己一次冒險的機會，專心聽從遠方的召喚，趁著時間尚未悄悄溜走，你只需要關上自家的大門，邁出嶄新的步伐，然後你就走出一成不變的尋常日子，跨進了全新的生活。我期待你跟上我的腳步，我會由衷地在旅程中等待著你的加入。」

河鼠怔怔地望著旅鼠逐漸遠去的背影，直到消失在黃昏的落日餘暉底下。他悵然所失地呆立在原地好一會，才開始收拾杯盤狼藉的餐後環境，然後心不在焉地返家。

河鼠在客廳扔下野餐籃子，急速進入房間整理行李，他把背包甩上肩頭，在屋內踱步好一會，像是在做著最後的巡禮。他挑選了一根在路上用來防身的木棍，就打算出門踏上旅程。

好巧不巧的，鼴鼠出現在門口，「河仔，你要上哪兒去？」

「我要和旅鼠一塊去南方，直奔海岸，然後坐上船，出海航行。」

鼴鼠見到好友宛如失魂落魄的表情，感覺情況有異，立刻攔路阻擋他的去路，然後一把拽住他，快速拉進屋內，將其按倒在地，迫使他趕快清醒。

河鼠在地上掙扎了好一陣子，直到無法擺脫鼴鼠的壓制後，才精疲力竭地躺在地板上，闔起雙眼，身子直打哆嗦。鼴鼠立即扶起河鼠，把他安置在躺椅上，只見他全身乏力，癱軟在椅子上。不久後，河鼠陷入了像是昏迷般的睡眠，不停發出夢囈，鼴鼠聽得懵懵懂懂，只能猜測是一些荒誕不經的異地冒險。

直到夜幕降臨，河鼠才恢復了清醒，並且神情沮喪。鼴鼠趨前關心，河鼠很努力地想把自己與旅鼠的相遇過程，告訴心急如焚的好友。但河鼠要如何用言語去形容他所感受到的南方魔力呢？

鼴鼠憶起上次自己因思鄉心切，而情緒變得歇斯底里，這一回河鼠則是陷入了不由自主的南方熱，亟欲舉家南遷。同時，這讓鼴鼠想起了一則北歐傳說，據傳大批煩躁不安的旅鼠，會一同遷徙，然後投身大海。

河鼠無精打采地聽完鼴鼠講述那一則北歐旅鼠投海的傳聞，他一聲不吭，對任何事都像是失去了興致，眼神缺少了昔日的神采。鼴鼠離開客廳，到書房拿了紙筆後又折回，他勸告好友：「你可以把自己的奇思妙想試著寫在紙上，譜成一首詩歌，切勿壓抑自己的想法，這也許對你會很有幫助。就算寫幾個有趣的韻腳都好。」鼴鼠找個理由離開客廳，不一會兒，他從門縫間看見河鼠已聽從自己的勸告，伸直了身子，聚精會神地提筆寫字，儘管河鼠想的時間多於寫字的時間，但鼴鼠的方法終究起了效果。

Chapter 8

洗衣婦逃獄記

蛤蟆立刻想起自己那輛破爛的篷車，
如今自己的處境似乎與吉普賽人的流浪生活無異，
現在的他就只想要
立即換到現金和一頓能夠果腹的早餐。

天一亮，和煦的陽光照進了樹洞，蛤蟆很快醒來，他起身揉了揉尚未完全睜開的雙眼，又按壓了一下受凍的雙腿。他一時還以為自己仍睡在牢裡的稻草堆上，於是開始四下張望，確認自己早已逃出監獄，尤其他可是冒著生命危險，從火車頭縱身一跳，才逃離警察的追蹤。

蛤蟆在腦中美化了自己的逃獄過程，這真是一場精采的歷險記，唯有我這隻得天獨厚的蛤蟆才辦得到。

陽光暖和了雙腿，同時提醒他已是自由之身，世界上再也沒有任何一座牢房能夠禁錮住他，而且即將凱旋而歸。他拍掉黏附在身上的枯葉，梳理了一下儀容，然後邁出樹洞，接受晨光的擁抱。雖然他感到又冷又餓，但被人追趕的恐懼，已經在經過一夜的休息之後，全部拋諸腦後，此時此刻的他可是充滿自信，昂首闊步走在森林中。

蛤蟆走出懸掛晨露的森林，步上田間小路，漫無目的，閒散走著，然後撞見一條流淌的小河，這讓他憶起了居住在河岸的好友，試想所有的河水都來自同一處源頭，溯源而上，肯定能找到來時路。

蛤蟆疾行繞過一道河灣，一匹脖子綁上韁繩的佝僂老馬，正迎面走來，步履蹣跚的他，彷彿心有千斤石壓著。韁繩上的殘留水珠，沿途滴下，蛤蟆與老馬擦身而過時，彼此的命運也產生了交會。

一艘平底船從河灣漂到蛤蟆的眼前，船舷被漆上鮮豔顏色，船上有一位頭戴遮陽帽的肥胖婦女，掌舵的是她一對粗壯的手臂。

「太太，今天的天氣真好。」她划船靠近蛤蟆。

「是的，夫人，」蛤蟆說：「我急著出門，丟下一屋子的孩子，趕著要去蛤蟆莊園去幫尊貴無比的蛤蟆先生洗衣服，但我出門忘了帶錢，無法準時搭上火車前往，眼看就要趕不上了。這樣我今天又沒收入了，怎麼養得起那些飯來張口的小鬼。」

「看來你確實遇上麻煩了，不如就讓我載你一程，我剛好要前往那裡。」

婦人把船靠向岸邊，蛤蟆連忙點頭道謝，然後一下子就跳到船上。

「太太，你的動作好靈活。你幫人家洗衣服，這真是一項非常好的職業，讓人們在每天出門前，都能換上一套乾淨的衣服，能夠精神抖擻，神清氣爽地迎接每一天。」

「那當然，這可是提著燈籠都無處找的好工作，」蛤蟆吹噓，「全國能讓人叫得出名字的上流人士，都會主動找我去幫他們洗衣。不僅如此，舉凡洗衣後的熨平，縫補高貴紳士們赴晚宴所穿的體面襯衫，每一項細活都是出自我的精巧手藝。」

「這樣你怎麼忙得過來，都不用請人幫忙嗎？」

「噢，你還真是問到重點了，」蛤蟆說：「我隨時手下就有二十位年輕女孩幫我幹活，但你也知道，年輕女孩總是不願意好好工作，她們的心思總是飄來盪去，誰也摸不透，因此我多半還是凡事自己來。」

「說得沒錯，」婦人說：「女孩們很難管教，我相信你一定有絕佳的手藝，才能應付那些挑剔的客人。」

「洗衣服對我來說僅是家常便飯，其實我每天最期待的就是把雙手放進裝滿乾淨清水的洗衣盆裡，因為光是浸泡在水中，內心立刻會產生無比的愉悅，而且不費吹灰之力，就能把原本骯髒的衣物洗到潔白純淨。」

「哇！我還真是好運能遇上你，這樣我的煩惱就可以迎刃而解。」

蛤蟆不解地看著婦人說：「你有什麼煩惱？」

「說來話長，我平日也是自己洗衣服，但是我的丈夫竟然偷懶，把這一艘船交給我，然後自己無所事事，讓我只好成天忙到團團轉，又是划船，還要牽著馬到外面散步，根本抽不出時間洗衣服。幸虧那匹馬懂得照顧自己，我才能省一點力。」

「那就先別管洗衣服的事情了，我們來聊聊你丈夫好了。」

「才不要，現在除了洗衣服之外，」婦人說：「我可是毫無心思聊其他事，而且角落有一大堆髒衣服正等著我洗，想到就頭痛。像你如此專業的洗衣婦，絕對可以馬上幫忙我解決這個大麻煩。我早已經準備好洗衣盆、肥皂，以及一只裝滿水的水壺，還有可以舀起河水的水桶，所有東西一應俱全。你只要略施一點力，馬上就可以把它們洗乾淨，麻煩你幫我這個大忙。」

「不過，我等一下就要去幫尊貴的蛤蟆先生洗一大堆衣服，實在沒有餘力幫你，不如換我來掌舵，你去旁邊慢慢洗，如此才能兩全其美。」

「換你掌舵！」婦人忍不住笑出聲來，「你別說笑了，這件事可是要交由經驗老道、熟悉水性的船夫，才會安全。術業有專攻，我掌舵，你洗衣，分工合作，才是真正符合你剛講的兩全其美。」

眼見婦人如此堅持，這一下可讓蛤蟆啞巴吃黃蓮，有苦難言，他真想馬上跳離這艘船，擺脫如此窘境，卻因船隻已經離岸邊有一段不小的距離，根本不可能跳回去岸上，他感到無計可施。

目前這個情況就算是想閃躲也閃不過，蛤蟆索性就隨遇而安，任憑命運的安排，也許事情會出現轉機。他不斷自我安慰，心裡卻非常抗拒碰觸充滿污垢與汗臭味，尤其還是其他人所穿過的髒衣服，光是這一點就讓他無法忍受。

蛤蟆在經過一陣天人交戰之後，終於還是被迫屈服於現實的壓力，反正自己都已經換上這一身裝扮，那就當一天稱職的洗衣婦，而且僅此一天就夠了！他端起洗衣盆、肥皂等物品，獨自走到角落，開始埋頭苦幹地搓洗衣物。

過了接近半個鐘頭，蛤蟆洗衣服的進度顯得遲滯不前，於是他逐漸心生不耐。這堆髒衣服擺明是與他作對，無論怎麼搓揉都不會變得乾淨。他偶爾轉頭偷瞄掌舵的婦人，深怕被她察覺自己只是在笨手笨腳的蹂躪衣物。雖然尚未露出馬腳，但是他的雙手已經浸泡到發皺、變得慘白，同時也腰痠背痛到無法忍耐的境地。

蛤蟆忍不住輕聲咒罵，指責衣服的主人是個不愛乾淨、令他作嘔的骯髒鬼，然後他一直抓不緊手中的肥皂，不斷讓它溜走。終於，他怒氣爆發，用力抓住肥皂，又捏又擠，隨即扔在地上，搞得一地全是滑溜溜的泡沫，然後他不慎腳底一滑，重重摔了一大跤。

這一切都被婦人看在眼底，忍不住放聲大笑，四腳朝天的蛤蟆，驚嚇得翻過身，然後他見到婦人笑得前俯後仰，「我打從出生以來，從未見過如此手腳不靈光的笨蛋。而且我的直覺早就告訴自己，你是個喜歡天花亂墜的傢伙，也是一位不折不扣的冒牌貨，明明不會洗衣服，卻還要冒充洗衣婦，可惡的騙子、蠢蛋。」婦人說。

蛤蟆原本就在氣頭上，當下又受到婦人的百般嘲諷，於是惱羞成怒，怒氣猶如火山爆發，一發不可收拾。「粗俗下等的肥婆，你連正眼瞧我的資格都沒有，憑什麼用這種態度跟我說話，我可是出身上流社會的紳士，我絕不接受你的侮辱！」蛤蟆立即脫去身上的衣服，原形畢露。

「什麼！你假冒洗衣婦詐騙已經是不可饒恕，竟然還是一隻醜陋的癩蛤蟆，我不能容忍有如此噁心的生物待在這艘乾淨的船上！」

婦人舉起船槳，迅速朝蛤蟆揮了過去，一把將他打入水中，同時扔掉他之前所穿的衣服。「救命呀！我溺水了，快點救救我！」蛤蟆在水中載浮載沉，不停吶喊求救。

「你真是一隻既醜陋又愚蠢的癩蛤蟆，連游水都不會，還想學人家當上流人士。」婦人一邊悠哉地划船，一邊恥笑在河中掙扎的蛤蟆。

「對唷！」蛤蟆猛然恢復冷靜，「我一定是被打昏頭了，不然怎麼忘了自己會游泳。」

蛤蟆使出擅長的蛙式，拖著衣服，一鼓作氣游回到岸邊，抹去黏在臉上的浮萍，抬頭一望，婦人仍繼續地嘲笑他：「洗衣婦，你先學著好好洗一洗自己的那張臉，再仔細熨平，也許就不會那麼醜陋了，哈哈哈。」

蛤蟆剛才氣過頭，因而失去理智，才會冷不防遭對方的暗算，現下可不是僅與對方鬥嘴，就能一消心頭之恨。他可是從未受過如此不堪的屈辱，此仇不報非君子。

蛤蟆想起了那匹老馬，穿上濕透的衣服後，立刻動身，一下子就追上了悠閒踱步的馬匹，解開綁在老馬身上用來拖船的繩子，迅速躍上馬背，舉腳踢了馬腹，接著就馳騁在遼闊的原野，朝著佈滿車轍的小道前行。他同時不忘回頭看向婦人，聽見對方不斷喊著：「停下來，快點停下來。」

「這不正是我之前在火車上聽見的那番蠢話。」蛤蟆大笑起來，頭也不回地揚長而去。

蛤蟆總算報了一箭之仇，心中不免一陣得意，「那些抓不到逃犯的警察，一位丟了馬的肥胖婦人，所有對我不敬的傢伙，最終都會招致懲罰。」

復仇成功的蛤蟆，逐漸平心靜氣，繼續在艷陽高照之下騎馬，並且專門挑選能夠避開人煙的偏僻小徑，並且設法努力忘卻自己持續挨餓的苦楚。

老馬的年事已高，奔跑了一段路程之後，體力不繼，於是開始緩慢踱步。他已經騎馬行走好幾里路，由於一直在陽光底下曝曬，開始感到頭昏眼花，好似快中暑了。老馬也飢餓難耐，停下腳步，低頭啃食地下的青草，蛤蟆從昏睡中驚醒過來，差點就一個不小心從馬背上摔落下來。

蛤蟆舉目望去，周遭的視野非常遼闊，遍地佈滿了金雀花，不遠處，有一輛破舊的吉普賽篷車，有一位吉普賽男人正抽著一支煙斗，雙眼無神地望向前方。車旁燃起了柴火，上頭吊著一只鐵罐，罐子裡不斷冒著蒸氣，一股濃郁的氣味從罐內飄散出來，具體而言，那是一道撲鼻而來的食物香氣，蛤蟆已經餓壞了，再也抵擋不了如此的誘惑，所有的尊嚴都可以暫時擺到一旁，因為首先非得填飽自己的肚子不可。

蛤蟆打量著吉普賽人，他這一生從未與他們打過交道。這一群流浪民族，終生不斷遷徙，四處為家，尤其習慣選擇住在偏鄉僻野，難怪會出現在這裡。蛤蟆與吉普賽人四目相交，各有所思。蛤蟆盯著對方，想方設法要從鐵罐中換得一餐。滿臉風霜的吉普賽人繼續吞雲吐霧，不時把頭轉到蛤蟆所在的方向。

雙方對視了好一會，蛤蟆仍舊舉棋不定，對於毫無把握之事，他從來不敢輕舉妄動，免得自己吃了大虧。吉普賽人總算取下嘴上的煙斗，並且吐出一句，「你想要賣掉馬嗎？」

蛤蟆大吃一驚，因為他從來不知道吉普賽人喜歡交易馬匹，那對他們來說，可是非常實用的馱貨工具，尤其能夠拖著一輛大篷車到處旅行。蛤蟆立刻想起自己那輛破爛的篷車，如今自己的處境似乎與吉普賽人的流浪生活無異，現在的他就只想要立即換到現金和一頓能夠果腹的早餐。

蛤蟆堅持一定要完成一項對自己較為有利的買賣，可不能白白便宜了這一位與自己地位相差懸殊的吉普賽人，「我可不能輕易就賣掉

這匹馬，你要知道，我必須靠他把洗好的衣服運送到顧客的家中，而且他可是一匹忠心的好馬，我才捨不得賣掉呢。」蛤蟆說。

「我建議你換一頭驢子，」吉普賽人說：「他們十分吃苦耐勞，包你喜歡。」

「我有沒有聽錯呀！」蛤蟆裝腔作勢，「你要我拿一匹駿馬和你換一頭驢子，天底下哪有如此不划算的買賣，你也不先去打聽一番，這匹馬可是出自名門，擁有優良血統，還得過不少獎項，區區一頭驢子，我才看不上眼。」

吉普賽人趨前瞧了瞧，無論如何端詳都不覺得瘦弱年邁的老馬，會是一匹純種好馬，他看了蛤蟆一眼，像是在懷疑對方的說法。吉普賽人抽起煙斗，決定先出價，再與蛤蟆好好殺價。

經過一番你來我往的討價還價之後，蛤蟆決定了最終的成交價，並且要求換得飽餐一頓。吉普賽人一開始極不情願，繼而大聲埋怨，假如每次都是做這種虧本生意，不久後，他絕對會破產。雖然如此，他最終還是妥協，遵照蛤蟆所開出的條件，買下那匹弱不禁風的老馬，再奉送一頓早餐。

吉普賽人馬上進去蓬車內，取出一只鐵盤、一副刀叉，和一支湯勺。他從鐵罐撈出一匙熱騰騰、香噴噴的濃湯，倒入了鐵盤內，那是把松雞、鷓鴣、野兔、雌孔雀、珍珠雞等食材，放在一塊細火慢燉而成的湯品。

蛤蟆接過盤子後，馬上狼吞虎嚥起來，這一頓得來不易的早餐，讓他不禁感動落淚，從來都不知道世界上竟然有如此美味的食物。他已經餓壞了，吃過一盤還要下一盤，吉普賽人也不計較，繼續盛給他享用，直到他吃撐了為止。

蛤蟆休息了一會之後，才緩緩起身，感謝吉普賽人的款待，也揮別了一路載他來此的老馬。老馬的表情如常，似乎不在意自己不斷地更換主人。吉普賽人很熟悉附近的地形，特別為蛤蟆指明了方向。

蛤蟆那一身洗衣婦的裝扮已經被太陽曬乾了，口袋裡也裝有足夠的錢，心中感到十分踏實，逐漸恢復了往昔的自信。他認為自己離家越來越近，很快地，就可以換上體面的襯衫，見到許久不見的老友。

燦爛的陽光灑落在他的身上，屢次歷險他總是能化險為夷，動用聰明的腦袋，解決掉每一次遭遇的難關。蛤蟆自認在這個世界上沒有比他還要聰明的動物，他與外面的人打交道，也從未落得下風。他細數自己從偷竊車輛、大膽越獄、緊急跳車、假扮洗衣婦、登上平底船、搶別人的馬，然後換取一筆錢與飽餐一頓。自己總是成為最後的勝利者，不折不扣的天生贏家。

蛤蟆忍不住抬起下巴，自得意滿，他不相信還有誰能夠像自己這般機智勇敢，響亮的名聲傳遍天下，而且總是風度翩翩，外表英俊瀟灑，他開始為自己編了一首自吹自擂的曲子，唱起來也毫不臉紅害羞：

這世界英雄眾多，
史籍歷歷可數，
留名青史第一，
誰與蛤蟆相比。
牛津的智識菁英，
飽讀經書無所不曉。
若要比聰明才華，
不抵蛤蟆一半之多。

坐困方舟的動物，
留著眼淚嚎叫著。
是誰高喊「陸地在前方」？
又是振奮人心的蛤蟆先生！
軍隊邁步前進，
一致向他敬禮。
那是國王？抑或將軍？
不，他是蛤蟆先生！
皇后與嬪妃，
臨窗勤做女工，
她喊：「看哪！是誰如此俊朗？」
嬪妃齊答：「蛤蟆先生！」

他邊走邊唱，愈唱情緒愈高昂，愈唱愈起勁，彷彿身形愈加巨大，成為一隻「膨風」蛤蟆。他走了一大段鄉間小路之後，轉上了公路，沿著白色的路面眺望，迎面而來的是一個離他越來越近的小黑點，接著愈變愈大，接二連三的喇叭聲喚起那份熟悉感，正是他一直夢寐以求的汽車。

「果然我真的是好運道！」蛤蟆振臂歡呼，「一點都沒錯，我重新回到了正軌，迎接我的自然是一輛拉風的汽車，我必須搭車回到莊園，才足以代表我這一趟是凱旋而歸，同時也要告訴老獾，他自認為的忠言逆耳，從來就是歪理，我一點都聽不進去。因為我才是對的。」

蛤蟆一個箭步跑到馬路中央，想要阻擋疾駛過來的汽車，但是，車速並未如預期般的減速，他不禁擔憂起來，臉色慘白，雙腿開始顫抖，心跳砰砰砰地加速，快如車速，不僅如此，他覺得這輛車子非常眼熟，熟悉的程度，像是自己駕駛過它。沒錯，正是那天他從「紅獅旅店」所偷開走的汽車，從那天起，他就開始倒楣，目前他深信自己時來運轉，沒想到，竟然又與那一夥人狹路相逢，命運真是作弄人。

蛤蟆全身變得癱軟，開始不停胡言亂語，「這下我鐵定完蛋了，要不是被車子撞死，就是被警察抓去監獄關到死，總之，我就是難逃一死。我為什麼不好好地從小路溜回家，偏偏要走到大路上，高歌一曲，引來帶著災難的汽車，我實在有夠倒楣！」

受到極大驚嚇的蛤蟆終於不支倒地，那輛汽車則逐漸減速，緩慢地駛近，終於停車了。兩位男士同時下車觀看昏倒在地的蛤蟆，「這是一位可憐的老太太，而且看起來像是個洗衣婦，她暈倒在路上，會不會是中暑了。我們趕快把她抬到車上，載她去附近的村莊找親人。」

蛤蟆被兩人抬上車，安置在舒服柔軟的坐墊上，他們繼續開車。蛤蟆從兩人的談話中得知，自己並未被認出來是先前偷他們車子的竊賊，而且聽他們的語調和緩，關懷之情溢於言表。

蛤蟆假裝自己逐漸甦醒，刻意分別睜開雙眼，讓其中一位紳士瞧見，「她醒了，夫人，您還好嗎？因為我們發現您昏倒在路中央，所以才把您抬上車。」

「謝謝，你們人真的太好了，」蛤蟆伸手摸了一下自己狹窄的額頭，「雖然我還是有點頭暈，但已經感覺好多了。」

「沒事就好，多休息，等您舒服點再告訴我們，您住在哪裡，讓我們送您回家。」

「是這樣呀，那我必須坐到前座，才方便指出通往我家的捷徑，不然你們就會多繞遠路了。」

於是兩人停車之後，小心翼翼地攙扶蛤蟆，讓他坐在駕駛座的隔壁座位，繼續開車上路。蛤蟆總算更靠近駕駛座，一種怦然心動的感覺，在體內蠢蠢欲動，總是這樣，只要接近汽車，他就變得難以自制，然後躁動不安。

「我命定如此，」蛤蟆嘟囔：「何必要抗拒上天的安排，我本來就該接掌方向盤。」他轉過頭對著駕駛咬耳朵，「不瞞你說，我之前曾經開過車，你不認識路，不如交給我來開，絕對很快就抵達我家，保證不會浪費你們一丁點的時間。」

駕駛忍不住噗哧一笑，他轉頭告訴後座的友人，「這位夫人說她會開車，你覺得有不有趣？」

「既然如此，就讓夫人開看看呀，我也很好奇她的駕駛技術。」

駕駛立即把座位讓給蛤蟆，他迫不及待握住方向盤，開始駕車。最初他專心聽從駕駛的指示，謹慎注意路況，安全行駛。

「我倒是沒想到夫人的駕駛技術，竟然如此嫻熟，真是太棒了！您在哪裡學會開車？」隔壁的駕駛問。

蛤蟆被對方的讚美沖昏了頭，不停地加快車速，開始飆車。「您開得太快了，這樣實在很危險，快點減速！」後座的乘客大喊，「洗衣婆，你當心一點，千萬不要出車禍呀！」

後來的這一句話澈底激怒了蛤蟆，他決定全力加速，讓他們瞧瞧什麼才是真正的開車好手。雖然駕駛一度想要制止他瘋狂的行徑，但他伸長腿用力將對方按壓在座位上，因此動彈不得。汽車在公路上呼嘯而過，冷風襲來，引擎發出轟隆聲響，整輛車像是要漂浮起來。

蛤蟆如同全力衝刺的汽車，整個失控了，他扯開嗓子朝天大吼，「我才不是什麼肥胖的洗衣婆，你們這兩個有眼無珠的傢伙，給我睜大眼睛看個仔細，還認不出我嗎？我就是那個惡名昭彰的竊車高手、逃獄凶犯，無人能奈我何的偉大蛤蟆。你們給我乖乖坐好，我來讓你們大開眼界，這就是所向披靡的蛤蟆車手。」

「你竟然是那個可惡偷車賊，還敢再次攔車，趕快把他抓起來帶去警察局！」兩人立刻撲到蛤蟆的身上。

然而，為時已晚，蛤蟆猛力轉動方向盤，輪胎打滑衝進路邊的矮籬笆，掉入了泥巴池中，濺起了一池的泥水。

汽車緩緩沉入池塘裡，車上的人在池子裡不斷掙扎。蛤蟆被拋出車外，在空中劃出一道美妙的拋物線，彷彿展翅高飛，享受著騰空飛翔的快感。然而，美夢乍醒，蛤蟆降落在一塊柔軟的草地上。

他迅速起身快跑，拼命奔向曠野，穿越樹籬，躍過溝渠，踏入田野。他全力狂奔，終於雙腿發軟，不斷喘氣，接著漸漸放緩腳步，拖著沉重的身軀行走。他感到筋疲力竭，乾脆席地而坐，回想之前所發生的經歷，忍不住笑開來，持續笑到在原地打滾，仍舊無法平息。

「我實在是太天才了，竟然又招到上次偷來的那輛車，然後誘騙他們抬我上車，先前被他們開車擠到路邊，摔爛了我那輛篷車，接著偷開他們的車又被抓到監獄。每次都是我吃虧，現在老天有眼，總算讓我再次搶到方向盤，把他們載到爛泥池中，報仇雪恨。我真的太厲害了，誰人能跟我比。」

蛤蟆興奮之餘，感到自己的心臟跳得好快，宛如不祥的預兆。他回頭一看，後方傳來了喧鬧聲，窮追不捨的警察發現了他的行蹤。

「這下可慘了，我絕對不能被他們抓回去，不然一切就前功盡棄了！」蛤蟆一躍而起，繼續拔腿狂奔，並且喃喃自語：「我真不應該鬆懈，才一喘息，他們就追了上來。」

由於他先前已經用盡全力在跑，體力早已消耗得差不多了，眼看後方的警察就快要追上他了。他胡蹦亂跳，想要藉此甩開他們，但是一雙短腿，以及肥胖的身軀，實在不夠靈活。他不時回望，越看越是心驚，因為彼此的距離逐漸拉近，差不了幾步之遙。

結果，他的雙腿絆在一塊，連滾帶爬地跌入河裡，水流湍急，很快就把他沖走，遠離了背後的追兵。雖然他好不容易才擺脫追捕，但是仍未脫困，身不由己地被河水帶著走。

他浮出水面，想要伸手抓住河岸的蘆葦，無奈水勢洶湧，由不得他稍微喘息，一下子手又鬆開。「天吶！難道是報應嗎？我竟然就要淹死在河裡，這實在是太諷刺了，一生都生活在河岸的蛤蟆先生，不能這樣窩囊地死掉，如此的下場真是太悲慘了！」語畢，他又被一波突來之浪淹沒。

他急忙浮出水面，赫然發現，自己正被一道漩渦給纏住，瞬間天旋地轉起來。

他頭昏腦脹地伸手想要拉扯河岸的任何一根草，眼前卻出現了一個深邃的洞穴，像是一口就要將他吞掉。他已經無計可施，伸長了雙手，攀住洞穴的邊緣，逐漸擺脫了漩渦的糾纏。

接下來，他把身子用力一撐，總算離開了河面，氣喘吁吁地躺在洞口，他真的累垮了。先前九死一生的歷險，讓他餘悸猶存，根本無法再細想下去。他抬頭看進洞裡，黑暗的洞穴霎時出現了一對光點，隨即一瞬即逝。

那一對光點再次出現，然後又很快消失，連續幾回，弄得蛤蟆不知所措，同時感到擔心受怕。這對光點開始朝他移動，逐漸顯現了一張臉的輪廓，一張留著鬍鬚的棕色小臉，帶著不苟言笑的表情。一對像是隨風擺動的小巧耳朵，不時左右晃動，頂上留著一頭濃密，富有光澤的毛髮。這是一張睽違已久的熟悉臉龐，這張臉的主人就叫河鼠。

Chapter 9

蛤蟆先生歷險記

蛤蟆來到熟悉的大門前，

大聲嚷嚷，

柵欄後方冷不防出現一隻攜槍的黃鼠狼……

河鼠伸出了援手，一把揪住蛤蟆的頸項，使勁朝著洞穴裡拉，渾身濕透的蛤蟆動也不動地被拉入了洞內，然後安然無恙地置身在河鼠家中的客廳。他全身沾滿爛泥和水草，模樣十分狼狽，不過，他顯然找回了往日的神采，現在來到了可靠的朋友家，終於不用過著躲躲藏藏的逃亡日子，還能脫去那一身丟人現眼的洗衣婦裝扮，每次一想起來就覺得羞愧萬分。

蛤蟆顧不得身體持續滴水，弄濕了一地，他可是迫不及待想要分享連日的歷險，這絕對可以寫成一則精彩的冒險故事。

「河鼠老兄，自從和你分開之後，我就過著你根本無從想像的生活，無數的考驗與苦難，紛至沓來，閃躲不掉，只能硬挺著身子，奮力承受著一切。好幾次我都是靠著自己的機智與一身的膽識，逢凶化吉。這可是非常人能及，你可曾想過我能夠靠著偽裝，輕易瞞過警衛的耳目，逃出戒備森嚴的監獄。我遇見蠻不講理的潑婦，被她暴力地推下水，卻順利游回岸上，偷騎走她的馬，賣了一大筆錢，還賺了豐盛的一餐。由於我實在太過聰明，以至於所有的人都只能任我擺布。你會不會認為我實在太有本事了，等等，我必須整理一下思緒，才能繼續告訴你，接下來發生了什麼有趣的事。」

「蛤蟆，你不要吹牛了，」河鼠說：「如果可以的話，馬上給我去換掉這一身破舊醜陋的衣服，然後好好把自己梳洗乾淨，再更換我的衣服，讓自己像紳士一樣體面。現在你這副模樣實在有夠丟人現眼，快點去洗，等一下，我們再談。」

蛤蟆一開始聽到河鼠的指責，顯得非常不高興，很想立即反駁。他在坐牢的時候已經受夠了被人呼來喚去，現在連眼前的友人都要指揮他，這讓他實在氣憤難耐，簡直受不了了。不過，當他瞥見鏡子裡的自己，那副令人不忍卒睹的洗衣婦醜樣，隨即就氣消了，決定立即上樓好好梳洗一番。

蛤蟆在河鼠的更衣間裡，換上新衣，感覺站在鏡子前的自己容光煥發，那些當他是洗衣婦的傢伙，根本全是有眼無珠的傻瓜。

蛤蟆更衣完畢，河鼠也已經準備好午餐，當他見到桌上的佳餚，心中滿滿感動，打從他吃完和吉普賽人交換的那頓早餐後，就讓自己捲入了一場不可思議的冒險，幾乎耗盡所有的體力，早已飢腸轆轆了。

蛤蟆與河鼠一同享用午餐，除了大快朵頤之外，蛤蟆的嘴一直動個不停，夸夸而談。他詳述全部的冒險過程，不斷強調自己的聰明機智，如何在一次又接著一次的危機之中，運用與生俱來的機敏反應，化險為夷，順利脫困。然而，蛤蟆越是講得口沫橫飛，坐在一旁的河鼠就越顯沉默，雙方形成強烈的對比。

蛤蟆總算是講完自己的偉大歷程，然後閉上嘴，四周的空氣頓時凝結起來，像是山雨欲來風滿樓，讓他感到好不自在，接著，河鼠終於開口說：「蛤蟆，你已經歷劫歸來，身為朋友的我本來不該讓你難受。不過，你看不出來自己的行為有多愚蠢嗎？你被捕坐牢，挨餓受凍，遭到追捕，被人譏笑嘲諷，不斷擔心受怕，又被女人打到河裡。莫非你認為這一切都是愉快有趣的嗎？起因全是你受不了誘惑，偷開了別人的汽車，四處闖禍。你總是無法克制自己的欲望，一旦見到新奇有趣的物品，經常無所不用其極，想要占為己有。你難道還渾然不知，自己已經犯罪了。你完全不替朋友著想，當我們聽見自己的朋友變成了一位罪犯，心中是有多麼難過，你能體會嗎？」

雖然，蛤蟆不喜歡河鼠的當面指責，但是他的天性就是會嘗試著安撫朋友，使對方息怒，接著繼續我行我素。他喃喃自語：「開車真的好玩極了，任誰實際體驗，哪怕就是僅僅一次，都會感到回味無窮，欲罷不能。」他同時模仿起引擎的加速聲，緊急煞車的尖銳噪音，自得其樂，把河鼠的苦口婆心全部當成馬耳東風。

蛤蟆故作謙卑，隨即嘆了一口氣，他輕聲細語說：「河鼠老兄，你一向都是正確的，我實在是個無藥可救的傻瓜，枉費你們的一番苦心。我打算從這一刻起，改過自新，戒除過去的所有惡習，重新當一隻具備善良品格的蛤蟆先生。關於你所提到的汽車，我已經徹底失去興趣了，尤其是我差點在你家門前的這條河裡淹死，我保證從今以後都不會去開快車了。」

蛤蟆瞅河鼠一眼後，繼續他的長篇大論：「我們現在就好好抽根菸，喝一杯咖啡大聊是非，然後我就要返回蛤蟆莊園，換上適合自己的衣服，讓一切都恢復常態。我可不願意一天到晚駕駛篷車或者在公路飆車，之前的種種歷險，已經隨風而逝。現在我要開始正經地過日子，經營我的莊園，投資增值，同時栽種花草樹木，招待朋友前來我親自舉辦的宴席。我在閒暇時刻會搭乘馬車，四處兜轉，改正心浮氣躁、魯莽行事的毛病，回到往日的歲月靜好。」

「回到蛤蟆莊園？」河鼠大喊：「你還沒聽到那個壞消息嗎？真是太扯了。」

「什麼壞消息？」蛤蟆瞬間臉色刷白，支支吾吾地問：「發……發生了什麼事嗎？」

「你還真是糊塗到家了，竟然連自己再也無法回去莊園的事都不知道。」河鼠忍不住握拳捶了桌面一下，「你沒聽說過黃鼠狼與白鼬的傳聞嗎？」

「他們不就是居住在野森林的野獸、惡行惡狀的森林搶匪。我就只知道這些。」

「你實在非常狀況外……他們已經趁你被關進監獄時，強占你的莊園。」

蛤蟆聽見如此噩耗，宛如晴天霹靂，他用力把雙臂平放在桌上，努力想要克制激動的情緒，試圖拾回之前談笑風生的悠閒態度。然而，他雙手托腮，淚水如湧泉般，奪眶而出，噴灑在桌上。

「這究竟是怎麼回事？河鼠老兄，你可以詳細告訴我事發的經過，我絕對承受得住，有什麼大風大浪我沒見過，就算是失去家園……」蛤蟆哽咽不止。

「好的，你想知道詳情，那我就細說從頭，」河鼠放低音調說：「在你發生那件事情，離開這裡有好一段時間之後，不僅河岸上的動物，連同野森林的野獸也一樣，自動分成了兩派。河岸的這一派主要都是出來為你辯護，認為你遭受不白之冤，司法審判太不公正。但是野森林那般匪徒可是四處散布謠言，在背地裡不停說你的壞話，堅決認定你完全是咎由自取，這次罪證確鑿，你注定一輩子都被關在死牢中，永遠都不會被放出來。兩派各持己見，持續你來我往，爭辯不休。」

蛤蟆默默點頭，不發一語，難得不為自己辯解。

「但是鼴鼠與老獾還是深信你會有出獄的一天，」河鼠說：「他們自願幫你守護家園，不辭辛勞地幫你維持著莊園的環境。不過，他們萬萬沒有料到，事情竟然會急轉直下，而且發生在那一個月黑風高的夜晚。」

蛤蟆挺直了身子，專心聆聽河鼠即將透露的驚人內幕。

「那一晚，外頭是狂風暴雨，鼴鼠與老獾正在吸煙室裡，靠近火爐取暖聊天。這時，一群全副武裝的黃鼠狼偷偷摸摸地沿著車道來到你家門前，白鼬則兵分兩路，一群從菜園進入後院，另一群占領了撞球室與倉庫，堵住了面對草坪的法式長窗。」

河鼠說到這裡，看了一下蛤蟆的表情，他的神情呆滯，彷彿失了神似的，無奈還是得繼續講下去，「一大群夜襲的惡徒強行闖入，團團包圍住我們那兩位手無寸鐵的好友，他們死命抵抗，仍然不敵上百隻野獸的圍毆，挨了一頓毒打，加上惡毒的咒罵，然後被扔到街上遭受風吹雨打。」

蛤蟆腦中浮現他們淋成落湯雞的狼狽模樣，竟然忍不住噗哧一笑，隨即又恢復一本正經的表情。

「自此之後，野森林的野獸便在莊園裡長住下來，他們成天不幹正事，白天賴床不起，一睡就是大半天，起床後不斷吃吃喝喝，享用你的美食、美酒，並且把莊園裡外弄得一團亂。他們繼續對你冷嘲熱諷，說你不配居住在如此寬敞的大宅院，陰冷窄小的監獄才是適合你的棲身之處，他們決定要長久住在莊園。」

蛤蟆這下子真的氣瘋了，這些野蠻的傢伙竟敢在太歲頭上動土，他絕對吞不下這口氣，迅速起身走到角落，拿起粗大的木棍，同時吶喊：「我要打扁他們，搶回心愛的莊園。」

「你別衝動做傻事呀！」河鼠連忙勸阻，但是蛤蟆早就衝出門外。

蛤蟆手持木棍，口中嘀嘀咕咕，一路直闖蛤蟆莊園。他來到熟悉的大門前，大聲嚷嚷，柵欄後方冷不防出現一隻攜槍的黃鼠狼。

「你是誰，來這兒有何貴幹？」黃鼠狼問。

「無禮的傢伙，你還真是有眼不識泰山，少跟我廢話，快點給我開門，不然等一下就有你好受的。」

面無表情的黃鼠狼立即舉槍瞄準蛤蟆，他趕緊臥倒，子彈「咻」的一聲飛過頭頂，差點把他嚇到沒命。蛤蟆連滾帶爬，倉皇逃命，後面則傳來黃鼠狼一長串不堪入耳的冷笑。蛤蟆不願善罷甘休，他從河岸駕船，溯河而上，抵達莊園的那座河濱花園。

他仔細觀察宅院的周遭，舉目望去，整座蛤蟆莊園在夕陽餘暉的映照之下，熠熠生輝。幾隻鴿子悠閒地停在屋簷納涼，花園裡百花齊放，泊船的河岸一如往昔；那一座他經常行走、橫跨河面的堅固木橋上，不見任何守衛，四周顯得寂靜無聲，彷彿正在迎接主人的歸來。

蛤蟆膽大心細地划船，準備通往河口，接著從橋下穿過，突然，天降大石，直直地砸在蛤蟆的船首，撞出了一個大洞，河水立即灌滿船身，很快就沉船了。蛤蟆在深水處沉浮，抬頭一望，見到橋上有兩隻樂不可支的白鼬，他們大聲嘲諷蛤蟆：「癩蝦蟆，這次只是讓你吃水，下回恐怕就是要你的腦袋吃子彈，哈哈哈。」忿恨不已的蛤蟆游回岸邊時，那兩隻白鼬已經笑成一團。

蛤蟆垂頭喪氣返回河鼠家，抱怨自己差點遭到槍擊，以及不幸沉船的悲慘遭遇。

「我不是早告訴你先冷靜下來，不要衝動行事，」河鼠扯著嗓子說：「他們全體備妥了武器，在莊園到處設置崗哨，憑你單槍匹馬，根本是自討苦吃。而且你究竟是怎麼一回事？屢勸不聽，還讓我心愛的船被砸沉，弄濕我借給你的乾淨衣服。你四處惹事生非，根本是個天生的麻煩精，我真不知道還有誰會願意與你交朋友。」

蛤蟆立刻啞口無言，長久以來，他一直都不受控制，因此搞砸了一切，連累了友人，自己這一回真的無話可說了。他趕緊向河鼠道歉：「河鼠老兄，我真的知錯了，因為我的任性妄為，已經給你們帶來許多困擾。從這一刻起，我絕對會改頭換面，聽從你的所有建議與勸告，不再繼續一意孤行，節外生枝。」

河鼠因為已經原諒過蛤蟆無數次的過錯，所以自然也不想繼續怪罪對方。「既然你真的願意聽話，那就留下來吃晚餐，我們現在對那一群惡棍肯定是束手無策，等老獾與鼴鼠過來，我們再另謀對策，並且和他們聊聊近況。」

「他們兩位現在還好吧？我都快氣暈了，差點忘掉他們的狀況。」蛤蟆問。

「你終於良心發現，知道該關心他們了。」河鼠說：「當時你駕駛豪華汽車在公路暢行無阻，騎著駿馬馳騁原野，並且大口享用著草原上的美食。你那兩位忠實的好友則是無懼颳風下雨，而且不分晝夜，持續堅守在你的莊園外頭。他們飢寒交迫，吃了不少苦頭，就是要替你監視那群黃鼠狼與白鼬的一舉一動，伺機為你奪回家產。蛤蟆，難道你不會感到慚愧嗎？你究竟有什麼資格獲得如此忠誠的友誼！你若是再不懂得珍惜，等到失去之後，肯定後悔莫及。」

「我真的太過分了，根本是個過河拆橋的渾蛋，」蛤蟆不斷啜泣，眼淚直流，「我現在就出門去找他們，一同餐風露宿，並肩作戰。嗯，我好像聞到食物的香氣了。」

河鼠留意到蛤蟆已經在監獄裡吃了很長一段時間的苦頭，他必須準備多一點能填飽肚子的食物，以便好好照顧這位可憐朋友的口腹。他們同桌用餐，邊吃邊聊，逐漸化解剛才的低迷氣氛。

當他們用餐完畢，門外傳來了一道用力的敲門聲，這令蛤蟆緊張起來，深怕有人上門來逮捕他，倒是河鼠不慌不忙，安撫了蛤蟆不安的情緒之後，才上前開門。

首先進門的是滿臉倦容的老獾，他已經有好幾天都在外守夜，從未返家休息。衣衫襤褸的老獾，腳上的鞋子沾滿爛泥，像極了生活在荒郊野外的流浪漢。老獾一進門見到蛤蟆時，臉色顯得凝重，他伸手拍了拍蛤蟆的肩膀，拍在肩頭的這幾下，顯得又沉又重，似乎讓蛤蟆在老獾面前頓時又矮了一截。

「歡迎你回家，呵，我大概說錯話了，你現在是有家歸不得，真是不幸。」老獾拉出椅子，重重地一屁股坐下，挪動了一下椅子，接著拿起一塊餡餅，馬上狼吞虎嚥起來。

蛤蟆對於老獾這種故作輕鬆的不明態度，感到又驚又怕，不知道等一下他是否會大發雷霆。在一旁的河鼠勸他寬心，老獾在又累又餓的時候，時常會表現得難以親近的樣子，待他吃飽之後，一切就會恢復正常了。

這時，門外再度響起敲門聲，相較之下，這次是比較細微的聲音。河鼠又去開門，進門的是蓬頭垢面的鼴鼠，他已經連續幾天沒洗澡，身體還沾上草屑。

「乖乖，我看到誰了，這不正是好久不見的蛤仔，」鼴鼠興奮地又叫又跳，「你怎麼那麼快就出獄了，莫非你又想到什麼絕佳妙計，監獄也關不住你。」

河鼠朝鼴鼠使了個眼色，暗示他不要繼續說下去，不過，為時已

晚，蛤蟆喜愛臭屁的本性又被喚醒了。

「我哪裡懂得什麼妙計，在朋友的眼中，我只不過是一頭傻驢子罷了。」蛤蟆說：「我僅是不費吹灰之力從全國最戒備森嚴的牢房逃獄，然後跳上一列火車，甩掉大批全副武裝的警衛。我試圖變裝在鄉間詐騙，輕易就唬得大家團團轉。林林總總，在旁人眼中都算不了什麼，一點都稱不上聰明機智。你若是對我的歷險有興趣，那我就一五一十的告訴你。」

「好極了，我可是願意洗耳恭聽，」鼴鼠走到餐桌，「我邊吃邊聽你講，我從一大早就餓著肚子，忙到現在才有時間休憩一下，真是夠折騰的。」他坐好之後，大口咀嚼冷牛肉與酸菜。

蛤蟆走近餐桌，從口袋中抽出一把銀幣，「你看看這筆錢，我可是輕而易舉在幾分鐘內就賺到了，只是賣掉一匹偷來的馬，敲了一個傻瓜的竹槓，完全是無本生意。」

「這麼厲害，繼續說下去。」鼴鼠興味盎然地聆聽。

「蛤蟆，你別再說了。」河鼠說：「鼴鼠，現在可不是聽故事的時候，他已經無家可歸了，你快點告訴我們最新的消息。」

「現在仍舊是和之前一樣，」鼴鼠變得橫眉豎眼，「我們完全束手無策，他們防守得固若金湯，整座莊園都成了銅牆鐵壁，隨時舉槍瞄準我們，不然就是扔擲石塊，總之，無時無刻都有站崗的野獸，緊盯著我們的一舉一動。他們不時會發出非常討人厭的笑聲，那種笑聲足以讓我火冒三丈。」

「這樣下去該如何是好，我們總不能坐以待斃，一直讓蛤蟆空等下去。」河鼠說。

「別傻了，」鼴鼠搖搖頭說：「我們根本一籌莫展，就算蛤蟆也無計可施。」

「欸，那是我祖傳的房子，凡事全由我決定，」蛤蟆提高音量說：「你們沒權利在一旁說三道四，唯有我才能指揮大局。」

三隻小動物扯開嗓門，大聲爭辯，他們的音量之大，快要將屋頂給掀開了。「你們統統給我閉嘴！」老獾開口說話的音量足以壓過他們三位的爭執不休，隨即屋內變得鴉雀無聲，連大氣都不敢吭一聲。

老獾吃完手中的餡餅，銳利的眼神掃向他們三位，蛤蟆顯得情緒躁動，河鼠立即制止他快要發作的脾氣。大家都把目光投射到老獾的身上，他卻好整以暇的繼續享用下一塊起司，如此從容不迫的態度，立時贏得了三位晚輩的敬重，他們願意等他慢慢享用午餐。

老獾細嚼慢嚥了口中的食物後，緩慢起身，踱步到壁爐前，不發一語地陷入沉思，大家則是屏氣凝神靜候他的發言。接下來，他總算開口了：「蛤蟆，你這個專門招來麻煩的壞蛋，難道你都不覺得丟臉嗎？假若你的父親，也就是我的老朋友今天知道你惹禍上身，你想，他會說些什麼？」

蛤蟆聽見老獾的責備，馬上用力撲倒在地，嚎啕大哭起來，難過到全身不斷顫抖。「算了，往事不必再提，就讓它隨風而逝，你記住，從今以後，一定要洗心革面，重頭開始。」老獾話鋒一轉，「鼴鼠所回報的全是實情，來自野森林的黃鼠狼，每隻都是訓練有素的最佳傭兵，一旦正面交鋒，我們絕對占不到任何的便宜。」

「如此說來，那一切不就毫無希望了。」蛤蟆持續哭泣，並且歇斯底里地吶喊：「不然我乾脆加入部隊從軍算了，反正我已經一無所有了。」

「蛤兒，你不要這麼快就氣餒，」老獾說：「而且你老是哭哭啼啼，根本不像是蛤蟆莊園的唯一繼承人。切記，作戰時若想收回失土，硬碰硬一向不是最好的辦法，有時出其不意，迂迴進攻才是上上之策，現在我要告訴你們一個從未讓世人知曉的天大祕密。」

蛤蟆一聽見事情有了轉機，馬上破涕為笑，他擦拭著眼眶四周的淚水，正襟危坐，專心聆聽老獾的談話，「那就是有一條從河岸通往蛤蟆莊園的祕密通道。」

「你少騙了，老獾！」蛤蟆立即反駁，「你一定是從別人那裡聽來的道聽塗說，我從小到大都住在莊園，裡頭的各種設施，我全瞭若指掌，從來就沒見過任何一條祕密通道。」

「小朋友，那你就有所不知了，」老獾看著蛤蟆說：「你父親真是品格高尚，至少，他比我所能想到的其他動物高尚許多。我們是生死至交，他去世前告訴了我許多有關你們家族的事，有些是他不願意告知你的。他在某日發現了這一條祕密地道，在他住進莊園以前，這條地道就存在了。他未雨綢繆地整修了地道，深信遭遇危難時，它絕對能派上用場。我們曾經一同走入地道，我猶記得他語重心長地說：『阿獾，我這個好兒子天生性格輕浮，非常情緒化，容易感情用事，總是管不住自己的大嘴巴。除非到了緊急時刻，不然你千萬別對他提起這條地道，這是我們之間的祕密。』」

河鼠與鼴鼠同時轉頭看向蛤蟆，想要知道他的反應。起初他滿臉尷尬，隨後又恢復了嘻皮笑臉，「我平常能言善道，交友廣闊，話說多了，有時會不小心透露了一些祕密。但我確實能夠靠著三寸不爛之舌，說服其他朋友。好吧！這並非我們今天討論的重點，那條通道究竟有何用處？」

「我先前已經派了冒充清潔工的水獺前去莊園，假裝上門打掃，實則探得了一些有用的情報。明晚那群野獸要在宴會廳裡舉辦生日晚會，好像是要幫黃鼠狼頭目慶生，到時他們肯定會鬆懈戒備，這是反攻的好時機。」

「雖然如此，他們還是會安排輪流站崗的士兵。」河鼠提醒。

「你說出重點了，」老獾說：「當他們只剩下哨兵輪流看守，我們就可以利用通道潛入莊園，它直通宴會廳隔壁的儲藏室地板底下。」

「難怪儲藏室的地板總是會發出吱吱嘎嘎的怪聲，我還以為地板被白蟻蛀蝕了，如今總算真相大白了。」

「我們可以神不知鬼不覺地進入儲藏室。」鼴鼠最擅長鑽地道。

「我來準備精良的武器，包括手槍、刀劍、棍棒。」河鼠是武器專家。

「來個迅雷不及掩耳的夜襲。」身材高大的老獾是野森林中出名的格鬥高手。

「給這些壞蛋迎頭痛擊，澈底痛扁他們，把他們全部趕出我家，呀呼！」蛤蟆語無倫次，蹦蹦跳跳，感覺勝利在望。

「咱們目前暫定這項突襲計畫，你們也就不用繼續七嘴八舌，況且，夜深了，你們快點上床就寢，明天一早，我們再針對細節做好萬全的準備。」

蛤蟆乖乖地聽話上床睡覺，但是他的情緒實在過於亢奮，根本毫無睡意，然而他已經歷了一整天的心情起伏，河鼠準備的客房床鋪也遠勝他在監獄裡躺著的冰冷地板，於是很快就夢周公去了。

翌日，蛤蟆賴床很久才起來，他發現朋友都用完早餐，老獾坐在椅子上看報，神態悠閒。河鼠在屋內東奔西跑，小小的身軀抱著許多武器，分配成四組。「這是我要使用的劍，那是老獾要拿的……」唯獨不見鼴鼠的身影。

埋頭讀報的老獾，瞥了忙碌的河鼠一眼。「河鼠，我可不是要掃你的興，不過，我認為你準備的刀槍根本派不上用場，咱們只要手上都握著棍子，成功進入宴會廳後，保證打得他們落荒而逃。」

「我知道，只是我們河岸的居民都會謹記一句古老的箴言，『小心駛得萬年船』，凡事有備無患。」河鼠繼續低頭整理刀械槍枝。

蛤蟆吃飽後，拾起一根大木棍，不斷對著想像中的敵人揮舞。

「我要打倒你們，竟敢搶走我的房子，把你們打到屁滾尿流！」

「蛤蟆，你不要說粗話！」河鼠大聲斥責。

「不用那麼正經，在這種非常時期，只要能提高士氣，罵什麼都沒關係。」老獾說。

「說的也是，我們現在是要打戰呢！可不能太過斯文。」於是河鼠獨坐在角落，大聲講出他所能想到的難聽話，不久後，老獾受不了他的粗言穢語，立即要他住嘴。

鼴鼠興高采烈地回來了，他告訴大家：「我剛才惹毛了那群可惡的白鼬。」

「什麼，真希望你沒做出什麼傻事。」河鼠顯得忐忑不安。

「哈哈，我只是模仿蛤蟆，讓自己變成一位變裝大師，」鼴鼠說：「我一早去廚房，本來想要幫蛤蟆重新熱過早餐，卻看到他昨天換下的那套女裝，我心生一計，也打扮成洗衣婦的模樣。我一路走到莊園的大門，問候那些守門的警衛，『早安，各位先生，你們整天站崗汗流浹背，十分辛苦，應該會有不少衣物需要清洗』，他們卻個個目露凶光，連忙揮手想趕我走。」

「你也太過冒失了吧？」蛤蟆說：「不怕被他們開槍嗎？」其實蛤蟆十分懊惱，怎麼不是自己置身現場，而是讓一向傻呼呼的鼴鼠去玩這種有趣的把戲。「其中的警衛長官衝著我喊，叫我馬上滾開，不要在此礙事。我告訴他，『恐怕要不了多久，就是換你們滾了。』」

河鼠的臉色頓時變得鐵青，他數落鼴鼠不該前去挑釁敵軍，這樣太過冒險了。老獾不再看報，轉而仔細聽著三位晚輩的對談。

接下來，鼴鼠更是語出驚人，「我特別對他們說，『我女兒幫老獾先生洗衣服，就在今晚，預計會有上百名的獾族殺手，手提機槍，進攻蛤蟆莊園。另外有六艘載滿鼠族刺客的船隻，船上已經放置手槍與木棒，準備在花園搶灘登陸。最後是一支經過精挑細選的蛤蟆突擊隊，成員全部是不要命的暴徒，他們是有仇報仇，就算是無仇，你們也要當他們是鬼見愁。總之，這夥蛤蟆打算將你們洗劫一空，到時你們連換洗的衣物都沒有了。因此好好珍惜僅剩的時間。』」

鼴鼠連珠炮的講述，有點上氣不接下氣，他喘口氣後，繼續說：「我話一說完，就躲進水溝，隔著籬笆偷看他們有何反應。結果如我所料，他們軍心渙散，全部亂成一團，四處逃竄，猶如無頭蒼蠅般，撞在一塊。誰都不願意聽從指揮。白鼬隊伍四分五裂，他們全在抱怨：『那些黃鼠狼都在宴會廳裡享樂，我們卻冒著生命危險在站崗，這實在太不公平了。』」

「你這個沒見過世面的鄉巴佬，」蛤蟆大吼，「竟然對敵軍打草驚蛇，洩漏我們即將進攻的情報，愚蠢至極。」

老獾看向鼴鼠，點了點頭說：「小鼴，雖然你只有小小的身軀，腦袋卻擁有莫大的智慧。這可是攻心為上的調虎離山之計。你的心戰喊話實在太傑出了！聰敏機靈的好鼴鼠。」

蛤蟆見到鼴鼠被老獾大力地讚賞，這下可是嫉妒得要命，他長這麼大，也從來沒有獲得老獾的正面肯定，憑什麼鼴鼠這種雕蟲小技，可以被稱為是明智之舉。正當他的脾氣即將上來，午餐時間恰好到了。

大家吃完午餐之後，老獾叮囑三位小動物：「今夜是我們的絕地大反攻，各位要做好萬全的準備，我預料今晚應該是不用睡了，現在就讓我小憩一下。」他拿起一條毛巾，蓋在臉上，才一下子，就鼾聲連連。

勤快的河鼠繼續他的戰備工作，在四組武器之間來回奔跑，一刻都閒不下來，他持續叨念，這一條皮帶是我要拿，其他是要給誰等等，武器數量不斷增加。鼴鼠拉著蛤蟆的胳臂，一同來到屋外，早已準備好的藤椅，讓蛤蟆能好好安坐。鼴鼠要求蛤蟆繼續講完他的歷險記，自己絕對願意洗耳恭聽。蛤蟆總算有了一個能夠天花亂墜的時刻，尤其像鼴鼠這種忠實的聽友，總是可遇不可求。

歷險記裡的蛤蟆智勇雙全，簡直和現實中的自己天差地別，無論如何，蛤蟆自認擁有弄假成真的話術。

Chapter 10

重返莊園

動物小隊踏入了密道，一條展開夜襲的捷徑。

地道裡潮溼陰暗、狹窄難行，

蛤蟆不禁渾身發顫，一方面是擔心即將引發的戰事，

另一方面則是他全身溼透了。

夜幕低垂，河鼠顯露那張充滿興奮且夾帶一絲不可告人祕密的神情，召喚同伴回到客廳，各自站在屬於自己的那組武器前，開始武裝配戴。首先他在腰際繫上一條皮帶，兩側各插一把劍與一把彎刀，並且備有兩把手槍，一根警棍、幾付手銬，以及一些繃帶和膠布。

這些全是河鼠為了即將到來的戰爭，所精心準備的武器。老獾笑著說：「不用為我如此大費周章，我只要擁有一根棍子，就可以打遍天下無敵手。」河鼠則說：「準備周全才能因應不時之需。」

萬事俱備之後，老獾一手提燈，另一手緊握木棍，他說：「由我領頭，鼴鼠居次，因為我信任他能立下戰功，河鼠要跟緊，蛤蟆殿後。切記，不許像平常一樣聒噪，否則我會趕你走。」

蛤蟆深怕自己會被同伴拋下，只能無可奈何地接受排在隊伍最後的位置，接著動物小隊出發了。

老獾領軍帶隊沿著河岸走了一段路，霎時，他迅速鑽進一個略高於河面的洞穴。鼴鼠與河鼠立即跟上，蛤蟆遲疑了一下，他想起自己之前差點淹死在河裡，心生恐懼，卻無從選擇，只好悶著頭下去，結果腳底踩空，跌入河裡，掙扎呼喊了好一會，才被同伴救起。

他們納悶蛤蟆怎麼會在河中手忙腳亂，不懂自救。然而，老獾則板著臉，警告蛤蟆，若是繼續拖累隊伍，就把他獨自留在原地。動物小隊踏入了密道，一條展開夜襲的捷徑。地道裡潮溼陰暗、狹窄難行，蛤蟆不禁渾身發顫，一方面是擔心即將引發的戰事，另一方面則是他全身溼透了。帶頭的老獾一馬當先，蛤蟆一路瞻前顧後，以至於遠遠落在三位同伴的後方，河鼠擔心蛤蟆脫隊，轉頭叮嚀他加快跟上隊伍的腳步。

蛤蟆一時心急，急忙衝向前，不慎撞倒了河鼠，由於他們都緊貼著前方的同伴，導致產生連環撞擊。河鼠又撞向了鼴鼠，遭受衝撞的鼴鼠則壓在老獾的身上。老獾乍時以為敵人從後方襲擊，因為隔了一段距離，所以無法使用棍棒反擊，便決定舉槍射向後方。

好在子彈射偏了，才沒一槍打死冒失的蛤蟆，當老獾得知實情，他怒斥蛤蟆專門拖累隊伍，必須留在原地，不然會害死大家。蛤蟆哭著求饒，兩隻動物出面願意替他擔保，不會讓他再次犯錯。老獾才總算氣消，重新安排河鼠殿後，他牢牢扶住蛤蟆的雙肩，預防蛤蟆再度出亂子。

小隊緩慢行進，仔細注意周遭的動靜，把手緊按在手槍上。老獾停下腳步，駐足好一會，他說：「依照我的估算，我們應該已經在莊園底下。」他們同時聽見一陣像是從遠處傳來的低沉聲響，鼴鼠立即聽音辨位，他長期生活在地底，對於從地上發出的聲音十分敏感。他判斷聲音是由上方傳來，而且夾雜歡呼、腳踏地板，及用力捶打桌面的聲響。

蛤蟆知道離敵人越來越近，不由得緊張起來。一臉鎮定的老獾說：「這群黃鼠狼似乎玩瘋了。」一小隊步上了斜坡，聲音逐漸清晰，就在他們的頭頂上。

終於他們來到通道的盡頭，儲藏室的活門就位在正上方。老獾下令：「咱們一起用力推開這道門。」他們推開活門之後，依序爬上儲藏室，現在與宴會廳裡的狂歡敵人僅有一牆之隔，喧鬧聲不絕於耳。

在歡呼聲與拍擊聲逐漸停歇時，傳來了一道聲音，「今晚我們能夠齊聚在此，全部都要歸功於這間房子的主人蛤蟆先生，我們都認識他。俗話說，癩蛤蟆想吃天鵝肉，正是指他無福消受如此好的地方，現在讓我們一同感謝他的大方無私。」

語畢，頓時引來一陣哄堂大笑，大夥隨即起鬨，「善心的蛤蟆，謙恭的蛤蟆，真誠的蛤蟆！」

蛤蟆氣急敗壞的想要破門而入，老獾立刻攔阻他，同時轉頭告訴另外兩位同伴，準備好倒數，「五、四、三、二、一，我們衝進去！」

老獾一腳踹開了門，用力揮動木棍，朝著先前致詞的黃鼠狼司儀來記迎頭痛擊。原本狂歡的黃鼠狼們見到殺氣騰騰的老獾，全部嚇得驚惶失措，抱頭鼠竄。許多隻黃鼠狼鑽入桌下，有的則是跳窗逃亡；落荒而逃的白鼬們，紛紛鑽進壁爐，堵塞在煙囪動彈不得。

桌椅被撞得東倒西歪，散落了一地的杯盤碎片。動物小隊分別出擊，老獾揮舞著木棍，嚇得黃鼠狼紛紛跪地求饒；河鼠舉槍命令敵人趕快投降；蛤蟆見狀，也不甘示弱，他鼓起身體，整個膨脹起來比平常還要大上一倍，從嘴裡發出尖銳刺耳的怪聲，充斥著整座宴會廳，黃鼠狼與白鼬全都嚇破了膽。蛤蟆衝向黃鼠狼頭目，高聲吶喊的同時，也痛打了黃鼠狼頭目一頓。

老獾指揮鼴鼠，讓他前去收拾站崗的白鼬衛兵，鼴鼠一邊走，一邊敲打從桌下露出的敵人腦袋，如同打地鼠般，全部眼冒金星。

宴會裡的戰鬥很快就落幕了，窗戶全部都被敲碎，敵人們倒臥在地板上，束手就擒，河鼠為他們戴上手銬。揮汗如雨的老獾停止揮棒，他席地而坐，擦拭從額頭上不斷冒出的汗珠。

高喊戰鬥口號的鼴鼠跳出窗外，搜尋剩下的敵軍。老獾繼續指揮另兩位同伴，扶起一張桌子，撿拾刀叉，查看還有沒有剩餘的食物，讓筋疲力竭的他們可以果腹。

「蛤蟆，別愣頭愣腦了，我們幫你奪回莊園，你好歹替我們找一塊三明治來，不然有失待客之道。」

蛤蟆心中有些不快，尤其老獾在他的屋內發號施令，好像對方才是這裡的主人，而且還知道一條他從未發現的密道。更何況，他很在意老獾總是不吝稱讚鼴鼠表現出色、是天生的戰鬥者。蛤蟆自認英勇善戰，尤其是針對黃鼠狼頭目，一棒把他打到飛越桌子。不過，就算蛤蟆十分吃味，他還是得強顏歡笑，與河鼠一同四下尋找食物。

不多一會兒工夫，他們找到了盛裝在一只玻璃碟子的番石榴醬、一隻涼掉的全雞、一條完好無缺的羊舌頭、幾塊葡萄酒蛋糕、剩餘的龍蝦沙拉。他們又在儲藏室裡搜刮了一整籃的法式麵包卷、少許起司、奶油和西洋芹。他們正要就坐用餐時，鼴鼠抱著一堆來福槍，笑嘻嘻地從窗戶爬進來。

「在我看來，戰爭結束了，」鼴鼠說：「白鼬衛兵原本就不滿黃鼠狼們大辦宴會，卻留他們辛苦地輪值守夜。當他們一聽見宴會廳裡傳來吵雜聲，立刻棄槍逃跑。僅剩的白鼬衛兵見到奪門而出的黃鼠狼，馬上互相指責，黃鼠狼認為白鼬怠忽職守，白鼬則是痛罵黃鼠狼只顧享樂，雙方一言不合，大打出手。雙方扭打在一塊，然後集體滾到河裡，被急流全數沖走。我只好撿回他們遺留的槍枝。」

「你真是值得信賴，」老獾的嘴裡塞滿雞肉與蛋糕，仍不忘誇讚鼴鼠，「現在我麻煩你完成最後的工作，之後就一塊享用晚餐。因為你辦事牢靠，所以我請你把倒臥在地板上的俘虜帶上樓，命令他們打掃房間，收拾乾淨，尤其不能忽略床底下的灰塵。床鋪也要全部換新，同時更換枕頭套與床單。浴室裡要準備一罐熱水、一條乾淨的毛巾，以及一塊新肥皂。你若是想練拳頭，可以痛扁他們一頓，再全部攆出門外。我相信他們今後都不敢再出現。我等你過來吃羊舌頭，小老弟，真有你的。」

聽命辦事的鼴鼠拾起木棍，強迫俘虜們全部列隊排好，一聲令下，要求他們齊步走上樓，好好打掃一番。過了好一會，鼴鼠下樓回報，「樓上的房間全數都已經打掃完畢，一塵不染。我沒有再打他們出氣，因為今晚他們已經嘗盡苦頭了，所以得饒人處且饒人。他們不僅全體向我鞠躬認錯，並且感到後悔不已，發誓以後絕對不會再來騷擾我們，那全是黃鼠狼頭目與白鼬副手所出的餿主意。如果日後有需要他們的地方，保證隨叫隨到，好讓他們能有將功贖罪的機會。我分送足夠的麵包卷給這些戰俘，打開後門放他們走，然後他們全部頭也不回的離開。」

老獾盛讚鼴鼠以德服眾的氣度，招呼他趕快坐下，好好享用羊舌頭。一旁的蛤蟆保持應有的紳士風度，暫時拋開嫉妒心，他誠心誠意地道謝：「親愛的鼴鼠，我非常感謝你今晚的任勞任怨，而且你一早智取敵軍的精采表現，令我萬般佩服。」

「這才對嘛！蛤蟆說得對極了。」老獾附和。

小動物們吃完晚餐，上樓梳洗過後，就鑽進乾淨的被窩，沉沉地進入夢鄉。動物小隊完成了一次不可思議的反攻任務，他們靠著無比的膽識，高超的謀略，以及使用得極為嫻熟的棍法，一舉收復了家園——失而復得的蛤蟆莊園。

隔日一早，蛤蟆同樣賴床，直到他起床下樓想要吃早餐時，桌上剩下了一堆敲破的蛋殼，幾片又乾又硬的冷麵包，以及見底的咖啡壺。蛤蟆的起床氣持續噴發，究竟誰才是這座莊園的主人，難道這幾個傢伙想要反客為主嗎？也許下一波要趕走的就是他們。

他透過法式長窗，見到鼴鼠與河鼠一同坐在草坪上的藤椅，有說有笑，時而表情生動，時而笑到人仰馬翻，兩位莫非是在講故事？老獾坐在扶手椅上閱讀晨報，他瞥見蛤蟆走了過來，面無表情朝對方點了點頭。

蛤蟆不打算直接招惹老獾，只能將就地吃這頓早餐，在心中犯嘀咕，遲早要收拾你們這群為所欲為的臭傢伙。老獾一見蛤蟆吃完早餐，馬上對他說：「按照慣例，幹過一場轟轟烈烈的大事後，我們必須舉辦一場宴會，讓這次的事件擁有儀式感，藉由慶祝留下記憶。因為你是宴會的主辦者，所以今天早上你恐怕有得忙了。」

「有何不可，」蛤蟆說：「您一聲令下，悉聽尊便，只是我不懂，為何非得在早上舉辦宴會。當然，我向來對朋友都是有求必應，從不質疑他們的看法。敬愛的獾先生。」

「你少跟我耍嘴皮子，賣弄唇舌對彼此都沒好處，」老獾勃然大怒，「你身為莊園主人，還不懂得用餐禮儀，記住喝咖啡時不要說話，不然噴得整個桌子都是。誰跟你說宴會是在早上舉行，當然是要舉辦晚宴。在那之前，宴會的前置作業非常重要。你得親手寫請柬，邀請來賓朋友前來共襄盛舉。現在你馬上坐在那張桌子前，桌上已經擺放了一疊信箋，上頭印有藍色與金色字體的『蛤蟆莊園』，你趕快努力寫，趕在正午前完成，這樣我們就可以及時發送出去，讓賓客準時收到，如期赴約。我則必須幫你張羅宴會。」

「為什麼？」蛤蟆露出一臉苦相說：「難得的美好早晨，好不容易返家的第一天，我幹麼要待在屋裡寫無聊的請柬。我想要在莊園裡悠哉散步，整理所有物品，把時間浪費在美好的事物上。我才不幹呢……稍等一下，話說事有輕重緩急，有些事可以暫時先擺在一旁，敬愛的獾先生，我不會只貪圖自己的快樂，而忽略掉友誼的重要性。您所交辦的任務，我一定會按時完成。那就請您去籌備宴會的各項事宜，一切都交由您的安排，我舉雙手同意您的任何想法。忙碌完畢，可以去陪陪那兩位可愛的小朋友。我願意花掉一個早上，好好寫完這些邀請信，同時獻上我誠摯的敬意。」

乍聽之下，蛤蟆似乎再度屈服了，但是，老獾總認為事有蹊蹺，現在蛤蟆擺出一張足以取信於任何人的真誠表情，讓他實在無法再進一步去懷疑，這個滑頭小子的背後隱藏了何種目的。

老獾離開餐廳，走向廚房，關上大門之後，蛤蟆迅速溜到桌前，他已經找到寫請柬的強烈動機了。既然這一次是特意為了收復莊園所舉辦的盛宴，自然不能忘記提到昨晚那一場成功的戰役。蛤蟆是莊園主人，也是收復失土的主要功臣，他可是在作戰時仰天長嘯，當面對決黃鼠狼頭目，取得漂亮的戰果；最好還能略為提到，他最引以為豪的歷險記，那可是他一生中最為輝煌的時刻。

在請柬的空白內頁，他附上了晚宴的娛樂節目：

節目順序

【演講】主講人蛤蟆先生

（晚宴期間，蛤蟆先生還有多場演說，敬請期待）

【致詞】莊園主人蛤蟆先生

【講題綱要】

我們的監獄制度——古老英國的水道交通——馬匹的交易方法

——私有財產的權利與義務——載譽歸來的典型英國紳士。

【歌曲】演唱者蛤蟆先生

（演唱者作詞作曲，在晚宴即興演唱）

蛤蟆突如其來的奇思妙想，讓他盡情地寫起信來，在正午時分，請柬就全數寫完了。這時，僕人前來通報，門口來了一隻身材瘦弱、衣衫襤褸的黃鼠狼。蛤蟆上前一看，原來是當晚被俘虜的黃鼠狼，他果然信守承諾，希望能將功贖罪，盡力討好凱旋歸來的莊園主人。

識時務者為俊傑，蛤蟆拍了拍黃鼠狼的後腦，把他當下人使喚，要求務必把請柬準時送到來賓手上。黃鼠狼承諾使命必達。蛤蟆承諾，假若今晚黃鼠狼願意再次過來莊園，他肯定重重有賞。黃鼠狼唯唯諾諾離去，趕緊送信。

三位友伴在河岸消磨了一整個上午，然後返回莊園吃午餐。鼴鼠起先有些過意不去，畢竟他們留蛤蟆單獨忙活，當他忐忑不安地進入屋內，以為會見到滿臉不快的蛤蟆，沒想到，他卻一副神采飛揚的模樣，顯露志得意滿的態度。這令鼴鼠深感納悶，老獾與河鼠則是心照不宣，互相交換了一下眼神。

用餐完畢，蛤蟆起身離桌，他手插口袋，一臉毫不在乎地對朋友們說：「夥伴們，你們一切自便吧！有任何需求，儘管吩咐就是，我隨傳隨到。」語畢，蛤蟆神態輕鬆地走去花園，他需要好好構思一下今晚的演講內容，保證讓來賓拍手叫好，欲罷不能。

這時，河鼠一把抓住蛤蟆的胳臂，老獾同時抓緊了他另一隻胳臂，兩位的突來之舉讓他大驚失色。果然東窗事發，兩位友伴再次將他架到吸煙室，大門緊閉，強行把他按壓在椅子上，並且一同站在他的面前，兩雙眼睛直視著那張不甘願的臉。蛤蟆不願意抬頭看他們，心中暗懷鬼胎，想要突破重圍，他可是一位成功逃獄的脫逃大師。

「蛤蟆，你給我聽好，這次由不得你。」河鼠說：「我們現在要告知你，宴會上沒有演講，不會讓你高歌一曲。很抱歉，毀了你的興致，但我們不會接受你任何的反駁，你只能乖乖照辦。」

蛤蟆亟欲在晚宴大出風頭，吹噓自己先前的豐功偉業，如今轉眼成空，他完全無法接受。

「我就只唱一首歌。」蛤蟆懇求。

「恕難從命，你一個詞都不能唱，」河鼠這次鐵了心阻止蛤蟆吹捧自己，「蛤蟆，你那些歌詞全是不切實際的自吹自擂，演講也是極盡吹噓之能。」

「就是吹牛不打草稿！」老獾接話。

「你要相信我們全是為了你好，」河鼠說：「你遲早都要重新開始，既然好不容易重返莊園，不如趁著這一次把危機化為轉機。你應該要變得不像從前那般輕浮，需要煥然一新。」

蛤蟆沉吟半晌，最終，他抬頭望著兩位朋友說：「你們是對的，我確實只是想藉著表演來滿足小小的自我虛榮，接受那些如雷掌聲。我一直認為那是自己存在的意義。但我總是讓你們失望，無法以我為榮，我不得不改頭換面。我恐怕以後都要天人交戰一番，壓抑深藏的欲望，這實在好折磨呀！」蛤蟆半舉雙手摀住了臉頰，垂頭喪氣地走出吸煙室。

「看他如此沮喪，我實在於心不忍。」河鼠嘆了氣說。

「我非常明白你的感受，」老獾說：「但是基於多年的友誼，我們非得狠下心才行。這是成長必然要付出的代價。我們不能眼睜睜看著他自我毀滅。尤其在他經歷一連串不堪聞問的事件之後，連家都丟掉了。我可不想對不起他死去的父親，讓歷史悠久的蛤蟆莊園，淪為黃鼠狼與白鼬這些惡徒的巢穴。」

「沒錯，」河鼠說：「好在我們在河岸嬉戲時，巧遇了替蛤蟆送信的小黃鼠狼，才成功解決一場即將在晚宴上演的鬧劇。那些請柬的內容真是難以卒睹，只好全部沒收，交由小鼴重新寫過簡單明瞭的邀請詞，再寄發出去。」

晚宴的時間將至，計畫前功盡棄的蛤蟆，一臉愁容，他刻意疏遠朋友，躲進自己的房間。他實在很難接受如此的打擊，這可是難得一次自我表現的機會。然而，蛤蟆終究還是想通了，他起身關緊房門，

拉上窗簾，把室內所有的椅子擺成半圓弧形，然後站在椅子的前方。

蛤蟆起先臉上帶著羞澀，然後笑逐顏開，他鼓起身子，朝座椅鞠躬，扯開嗓子，忘情地演唱：

蛤蟆先生回來了！
客廳裡驚慌亂竄、門廳裡哀號遍野，
牛棚裡哭聲不斷、馬廄裡驚聲尖叫，
蛤蟆先生回來了！
他破窗而入，黃鼠狼倒地；
當蛤蟆先生回來的時候！
鼓聲震天、號角齊鳴，
士兵歡呼、汽車嘟嘟，
當英雄歸來！歡呼啊！

人人高聲歡呼，
向備受尊崇的動物致敬，
因為這是蛤蟆先生，
盛大的日子！

蛤蟆的歌聲充滿感情，嗓音嘹亮，直到曲終人散時，他深深嘆了一口氣，作為演唱的謝幕。

蛤蟆整理了一下自己的儀容，把雙手浸泡在冷水中，接著拍打臉頰，提振精神。今晚是值得紀錄的一夜，他不能愁眉苦臉去見客，仍然要精神抖擻，充滿活力地迎接賓客。

當蛤蟆一進門，所有的客人都趨前為他歡呼，祝賀他歷劫歸來，讚美他具備勇敢、無畏、機智於一身，英勇戰鬥奪回莊園。蛤蟆回說：「那沒什麼大不了。」水獺站在壁爐前，對著一群朋友講述，假如換作是他，會如何反擊黃鼠狼軍團。

他見到蛤蟆走上前，隨即歡呼起來：「我們的英雄！」他展開雙臂，摟住了蛤蟆，想要帶他來個英雄繞場。蛤蟆掙脫了他的環抱，表示自己不需要這樣虛張聲勢。他說：「假若會有英雄，那是率軍的主帥獾先生，他具有天生的領導力；假如還有英雄，那就是驍勇善戰的兩位大將，河鼠與鼴鼠。我只是個不值得一提的步兵，幫不上什麼忙。」

蛤蟆出人意表的謙遜，讓現場的賓客百思不解，彼此交頭接耳，竊竊私語，這會是自己過去認識，一向非常臭屁的蛤蟆嗎？當大家滿臉困惑，蛤蟆從容不迫地走到他們的面前，可想而知，他再次成為會場的焦點，僅是換了一種方式。

老獾把晚宴安排得有條不紊，絲毫不鋪張浪費，完全是符合傳統的宴會。雖然偶有耳語，認為這次的晚會不如往日有趣熱鬧，有時年輕的賓客會起鬨，希望蛤蟆能來個餘興節目。然而，這位主人只是笑而不答，安靜地環顧四周。

晚宴順利成功，四位小動物在經歷了一場激烈的戰鬥之後，總算恢復了平靜的生活。蛤蟆的態度也有極大的轉變，他首先挑選了一條漂亮的金項鍊，放在鑲嵌珍珠的珠寶盒裡，裡面附上一封感謝信。他委託黃鼠狼把珠寶盒交給老獄卒的女兒，感謝對方昔日的關照，同時也送上一件嶄新的連身裙，答謝掩護他逃獄的洗衣婦。他還寄了一些酬勞給幫助自己脫身的火車司機。

經過了好一陣子的爭辯之後，蛤蟆終究被老獾說服了，他找到了那位划船的胖女人，賠償了當時偷竊老馬所造成的損失。他心中依舊不大情願，因為對方可是毫不留情把他打入水中，完全不當他是位體面的紳士。然而，蛤蟆證明了自己具有絕佳的商業眼光，他估價轉賣馬匹給吉普賽人的那次交易，可是完全符合市場行情。

夏夜漫漫，動物小隊的四位成員有時會一起到野森林散步乘涼，這座過去素以野蠻聞名的林子，如今已被他們完全馴服，無論何時進去都安全無虞，連裡頭的居民都願意出來與他們打招呼，或許在不久的將來，他們會成為野森林動物居民口中的一則傳奇。

國家圖書館出版品預行編目資料

柳林風聲 / 肯尼斯．葛拉罕（Kenneth Grahame）
著；郭漁改寫．-- 臺北市：三采文化股份有限公司，
2022.12
面；　公分．--（iREAD；163）
譯自 :The Wind in the willows.

ISBN 978-986-342-294-5（平裝）

873.596　　　　111019122

iREAD 163

柳林風聲

作者｜肯尼斯．葛拉罕 Kenneth Grahame　改寫｜郭漁
編輯一部 總編輯｜郭玫禎　執行編輯｜陳岱華
美術主編｜藍秀婷　封面設計｜池婉珊　內頁版型｜李蕙雲　美術編輯｜莊馥如
內頁排版｜周惠敏　插圖｜Dinner Illustration
行銷協理｜張育珊　行銷企劃主任｜呂秝萱

發行人｜張輝明　總編輯長｜曾雅青　發行所｜三采文化股份有限公司
地址｜台北市內湖區瑞光路 513 巷 33 號 8 樓
傳訊｜TEL:8797-1234　FAX:8797-1688　網址｜www.suncolor.com.tw
郵政劃撥｜帳號：14319060　戶名：三采文化股份有限公司
初版發行｜2022 年 12 月 30 日　定價｜NT$380
12 刷｜2024 年 4 月 10 日